**NICK LIVING**

# 20 KORNKREISE

**UNGLAUBLICHE GESCHICHTEN**

**Impressum**

**Herstellung und Verlag:**
**BoD - Books on Demand, Norderstedt**
**ISBN 978-3-7347-6430-1**
**Für den Inhalt des Buches zeichnet der Autor verantwortlich**
**© 2015**

## Weihnachten an Ausfahrt 837

Das Schneetreiben nahm einfach kein Ende mehr. Immer dichter verwehte der immer stärker werdende Sturm die riesigen Flocken und Susan musste das Scheinwerferlicht ihres Wagens abblenden, um überhaupt noch etwas zu erkennen. Mit aller Macht krachten die Sturmböen in ihr Fahrzeug und es schien beinahe unmöglich weiterzufahren. Sonderbarerweise schien sie plötzlich ganz allein auf der Autobahn zu sein. Allerdings verwehrte der tosende Blizzard ohnehin, dass sie die Scheinwerfer anderer Fahrzeige wahrnehmen konnte. Längst fuhr sie nur noch Schritttempo, und da bemerkte sie es: das etwas windschiefe Schild, welches auf die Ausfahrt 837 hinwies. „Da muss ich mal raus!", rief sie laut und ihre Entscheidung schien goldrichtig zu sein. Denn plötzlich krachte ein riesiger Baumstamm mitten auf die Fahrbahn und versperrte den Weg. Susan aber fuhr die Ausfahrt 837 von der Autobahn ab. Die Straße allerdings wurde schmaler und schmaler und mündete schließlich in einen unbefestigten Weg. Der führte geradewegs in ein dichtes Waldstück. Dort ging es nicht mehr weiter und Susan nahm an, dass es sich um einen kleinen Waldparkplatz

handelte. Nur war sie ganz alleine dort. „Nicht einmal den Schnee hat einer weggeräumt!", murrte sie in sich hinein. Als sie den Motor des Wagens ausgeschaltet hatte, vernahm sie das Donnern und Tosen des Sturmes, der sich in den zahllosen Tannen verfing und die Schneewolken wie eine riesige Herde vor sich hertrieb. Susan hustete und dachte an ihre Eltern. Eigentlich war sie auf dem Weg zu ihnen und wollte unbedingt abends, zum Heiligen Abend, dort sein. Aber nun? Es war so dunkel, dass sie glaubte, es sei schon tiefste Nacht. Nervös kramte sie ihr Handy aus der Tasche. Doch es war wie verhext, an diesem verlassenen Ort gab es einfach kein Netz. Aussteigen wollte sie nicht, denn der Sturm war einfach zu stark. So kippte sie die Lehne ihres Sitzes nach hinten, legte sich gemütlich in das entstandene bettähnliche Gebilde und schloss ihre Augen.
Zur gleichen Zeit waren auch Familie Miller, Ron, Lena und der kleine Tim, auf dem Weg nach Hause. Und auch sie benutzten jene Autobahn, auf welcher schon Susan gefahren war. Auch sie wunderten sich, dass sie plötzlich ganz allein unterwegs waren. Schließlich fanden sie die winzige Ausfahrt 837, welche auch Susan genommen hatte, um den Blizzard abzuwarten. Familienvater Ron

schimpfte und Lena, seine Frau, versuchte, den Frieden wieder herzustellen. „Dann schaffen wir es eben nicht!", zischte sie, „Den Weihnachtsbaum können wir morgen immer noch aufstellen!" Langsam glitt der Wagen unter den mit Schnee bedeckten Tannen entlang und erreichte den winzigen Parkplatz, wo auch Susan stand. „Schaut mal", rief Tim, der kleine Sohn der Familie, laut, „Dort steht noch ein Auto!" Ron hatte es ebenfalls bemerkt und hielt den Wagen an. Lena musste kichern und sagte mit bebender Stimme: „Das sich hierher noch jemand verirrt hat, unfassbar." Die kleine Familie starrte aus dem Wagen in das wilde Schneegestöber und hatte das Weihnachtsfest, den Heiligen Abend, längst abgeschrieben. Plötzlich ließ der Sturm nach und Ron wollte den Wagen wieder starten. Doch aus irgendeinem Grund funktionierte etwas nicht. „Auch das noch!", rief er entnervt und stieg aus. Auch Susan hatte wohl mitbekommen, dass der Sturm vorüber war und wollte abfahren. Und auch ihr Wagen streikte. Immer wieder versuchte sie es und starrte dabei genervt zu dem anderen Wagen, dem es ebenso erging. Ron zuckte hilflos mit den Schultern und lehnte sich kopfschüttelnd an seinen Wagen. Nun stiegen auch der kleine Tim und seine Mama

Lena aus und sprangen vergnügt durch den Schnee. Die beiden schien es gar nicht zu stören, dass sie an diesem merkwürdigen verlassenen Orte festsaßen. Im Gegenteil, sie freuten sich und trällerten ein Weihnachtslied nach dem anderen. Susan stieg ebenfalls aus ihrem Auto und rief dann: „Es hat wohl wenig Sinn, in den Motorraum zu sehen! Oder haben Sie Ahnung?" Damit schaute sie zu Ron, der immer wieder mit den Schultern zuckte. „Wissen Sie was", rief Lena, „Wir haben einen Weihnachtsbaum dabei. Den haben wir eigentlich für heute Abend besorgt, es war der letzte, ein bisschen schief zwar, aber egal. Wollen wir ihn hier aufstellen?" Tim rief laut: „Ja, das wär wirklich schön und Susan nickte, während sie sich die kalten Hände rieb. „Ich habe Streichhölzer dabei, und wenn wir ein bisschen Reisig sammeln, das halbwegs trocken ist, könnten wir uns ja ein Lagerfeuer machen." Susan fand diese Idee großartig und holte die Flasche Sekt, die eigentlich für ihre Eltern bestimmt war, aus dem Wagen. „Und die trinken wir dazu!", rief sie laut. „Schade, dass wir nichts zu essen dabei haben", meinte Ron. Und während die anderen nach trockenem Reisig suchten, holte Susan die Becher ihres Saftservice aus dem Wagen. „Das war eigentlich ein Geschenk für meine Eltern, für den Sommer, wenn sie im Garten ihres kleinen Häuschens sitzen. Komisch, nun muss es ausgerechnet im Winter ausprobiert werden!" Lena und Ron mussten kichern und Tim sprang immer wieder durch den meterhohen Schnee, um sich in besonders hohe Haufen einfach fallen zu lassen. Es dauerte nicht lange, da hatten sie eine Menge Holz gesammelt und Ron versuchte, das Lagerfeuer zu entfachen. Doch so sehr er sich auch mühte, das Feuer wollte nicht entstehen. Plötzlich knackte es laut. Die Vier zuckten zusammen! „Haben Sie das gehört? Was war das?", rief Lena. „Ist vielleicht ein Bär oder ein noch wilderes Tier!", entgegnete Susan und musste lachen. Den anderen Dreien aber war es nicht nach lustig sein. Sie verzogen sich in ihren Wagen und schauten von dort ängstlich in die Dunkelheit. Plötzlich bohrten sich zwei Scheinwerferkegel in die Nacht und ein drittes Fahrzeug rollte heran. Es war ein winziges altes Auto, welches klapperte und quietschte. Es schien wohl ebenfalls nicht mehr weiterfahren zu wollen und hielt schließlich neben den anderen beiden Autos an. Kaum war der Motor aus, sprang ein junger Mann aus dem Wagen. Der stöhnte laut und rief aus voller Kehle: „Was für ein blöder Abend! Das hatte gerade noch gefehlt!" Nun kamen auch die anderen aus ihren Autos und gesellten sich zu dem Neuankömmling. „Ist die Autobahn immer noch dicht?", erkundigte sich Ron und der junge Mann, der sich unbedingt John ansprechen lassen wollte, meinte, dass er einfach nur eine Pause machen wollte. „Sagen Sie mal ... John ... haben Sie getrunken?", wollte Susan von dem unbekümmerten, ziemlich kecken Mann wissen. Der vermeintliche John pfiff sich ein Weihnachtsliedchen und rief: „Ein wenig, aber was soll's! Es geht sowieso nicht mehr weiter! Ich bin eben rausgeflogen und kann jetzt tun und lassen, was ich will!" Ron und Lena verzogen ihr Gesicht, nur Susan schien das nicht zu stören. Sie fand den frechen Jüngling möglicherweise recht nett und lächelte ihn verlegen an. Als John bemerkte, dass Ron das Reisig nicht anzünden konnte, kramte er aus dem Kofferraum seines Autos mehrere Einmalgrills hervor. „Damit dürfte es wohl gehen! Zufällig habe ich in einer solchen Fabrik gearbeitet, die so was herstellt. Habe einige heimlich beiseite geschafft und die können wir nehmen!" Ron und Lena fanden das zwar nett, doch über die Art und Weise, wie John zu den Einmalgrills gekommen war, rümpften sie nur die Nase. Als dann aber das Lagerfeuer knisterte und einen angenehmen, warmen Feuerschein verbreitete, schien es egal zu sein, woher die Grills gekommen waren. Sie waren da und das war einfach gut so. John hatte ein paar leere Bierkästen im Wagen und die holte er und stellte sie um das Feuer herum. Währenddessen brachte Ron den Weihnachtsbaum. Er steckte ihn in den tiefen Schnee gleich neben dem Feuer und Lena band noch ein paar Zellstofftaschentücher an dessen Äste, damit sie nicht so kahl aussahen. Etwas anderes hatten sie ja nicht und dann setzten sie sich auf die Bierkästen und wärmten sich am Feuer die Hände. Susan rutschte immer näher an John heran, und der holte sein Pausenbrot, welches er an diesem Tag ja nicht mehr gebraucht hatte, um es mit den anderen zu teilen. Für jeden war ein belegtes Brot da und es schmeckte wirklich gut. Währenddessen öffnete Lena die Sektflasche. Genüsslich goss die jedem etwas in die Plastik-Saftbecher ein. Dann erhob sie ihren Becher und wollte etwas sagen, da knirschte es plötzlich. Es hörte sich an, als wenn etwas durch den Schnee stapfte. Ron, der schon glaubte, ein Wolf wäre im Anmarsch, zog einen brennenden Ast aus dem Feuer und zischte: „Bleibt wo ihr seid, ich versuche, das wilde Tier mit dem Feuer zu vertreiben." Es dauerte eine ganze Weile, ehe sich das vermeintliche Wildtier zeigte. Allerdings war es kein wildes Tier, sondern ein Mensch. Es war ein alter Mann, der irgendwie aussah wie der Weihnachtsmann. Zwar trug er keinen langen roten Mantel, sondern einen alten braunen, der obendrein auch noch kleine Risse Löcher hatte. Und sein Bart war auch nicht weiß, sondern zerzaust und grau. Immerhin, einen Rucksack, wenngleich einen sehr ausgeleierten, hatte er auf dem Rücken. Als er die Fünf an ihrem Lagerfeuer und den danebenstehenden Weihnachtsbaume sitzen sah, blieb er stehen und räusperte sich laut. Keiner traute sich, etwas zu sagen und Ron warf schnell den brennenden Ast ins Feuer zurück, bevor er sich auf seine Kiste fallen ließ. Neugierig schaute sich der Alte um und räusperte sich erneut. Aber dann nahm er seinen Rucksack vom Rücken und ließ ihn in den Schnee plumpsen. „Na", begann er zu sprechen, „Da war wohl der Winter schneller, als ihr gucken konntet, wie?" Und als er das sagte, schaute er sich den Weihnachtsbaum genauer an, welcher vom knisternden Lagerfeuer geheimnisvoll angeleuchtet wurde. John fasste sich als erster und sagte: „Ja, so kann man das wohl sagen! Auf der Autobahn geht's ja nicht mehr weiter. Aber irgendwie ist's wie im richtigen Leben." Der Alte schaute John mit ernster Miene an und meinte schließlich: „Manchmal sind unsere Wege einfach versperrt und wir müssen stehenbleiben. Dann müssen wir eben die nächste Ausfahrt nehmen, um nachzudenken, was wir tun können, stimmt's?" Er schaute in die Runde und Susan hatte Tränen in ihren Augen. So gern wäre sie jetzt bei ihren Eltern, wäre bei ihrer Mutter und würde sie umarmen, wie auch ihren achtzigjährigen Dad. Der Alte schritt etwas näher an die mit den Tränen ringende junge Frau heran und nickte ihr aufmunternd zu, während er dabei seine Augen schloss. „Keine Sorge, es geht ihnen gut. Sie sind wohlauf und warten auf dich." Susan wollte etwas sagen, doch der Alte öffnete seine Augen und meinte dann: „Fürchte dich nicht. Ich kann mir schon denken, dass du dich sehr um sie sorgst. Aber wenn ich dir sage, dass sie wohlauf sind, kannst du mir das glauben. Es wird alles gut." Lena musste sich nun ebenfalls die Tränen aus dem Gesicht wischen und hielt die Hand ihres Mannes ganz fest. Mit der anderen zog sie ihren kleinen Sohn fest an sich heran und ließ ihn nicht mehr los. Auch zu den Dreien stapfte der Alte und hatte wohl bemerkt, wie sehr Lena bemüht war, die Familie zusammen zu halten. „Es ist doch nicht schlimm, Weihnachten mal nicht daheim zu feiern.", meinte er dann, „So viele Menschen können das nicht. Ist es denn so wichtig, jeden Heiligen Abend im schicken Heim zu verbringen? Reichen dafür nicht auch ein verschneiter Tannenwald und ein Lagerfeuer mittendrin? Schaut, ihr habt ein solch schönes Lagerfeuer gemacht und den Baum so wunderbar aufgestellt, besser geht's doch wirklich nicht. Ach so, noch was, egal, wo ihr auch immer seid, ihr seid zusammen. Das ist es, was zählt, Zusammensein! Und das ist doch ganz einfach und gar nicht schwer." Als er Susan erblickte, musste er ein wenig grinsen. Und als er so zu ihr stapfte, um sie sich genauer zu betrachten, sagte er: „Und du solltest nicht ewig so allein durchs Leben gehen. Sieh mal, gar nicht weit von dir entfernt ist jemand, der heute ein liebes Wort gebrauchen kann. Denn er hat etwas verloren, das ihm sehr wichtig war. Bei diesen Worten schaute er kurz zu John, der das alles sehr gut zu verstehen schien. Er lächelte Susan an und die trank ihren Becher in einem Zuge leer. Dann wischte sie sich die Tränen aus den Augen und schob verlegen ihre Bierkiste neben Johns. Der zögerte gar nicht lang und nahm die junge hübsche Frau beherzt in seine Arme. Irgendwie schienen sie sich wohl gefunden zu haben, jedenfalls nickte der Alte wieder so seltsam, als er auf den Weihnachtsbaum zu stapfte. Unterwegs blieb er noch bei dem kleinen Tim stehen und strich ihm sachte über seine bunte Bommelmütze. „Du musst mir versprechen, besser in der Schule zu lernen, sonst wird's nichts mit dem Berufswunsch Feuerwehrmann!" Tim war wie erstarrt, hatte er doch nie gedacht, dass dieser alte Mann etwas von seinen Zensuren und schon gar nicht von seinem Traum von einem Feuerwehrauto wusste. Er wurde puterrot und schämte sich ein wenig. Doch der Alte ließ sich nicht beirren und sagte nur: „Ach, nimm es nicht so schwer! Das schaffst du schon. Immerhin hast du heute den Weihnachtsmann gesehen. Wenn das nichts ist!" Er öffnete seinen Rucksack und holte einige bunt eingewickelte Dinge hervor. „Hier, das ist für euch, und ich bin mir sicher, dass jeder sofort weiß, welches Geschenk für ihn ist. Ich muss nun weiter. Euch wünsche ich alles Glück dieser Welt und vergesst niemals diesen wundervollen Abend. Denn es ist euer Heiliger Abend. Gottes Segen und ahoi!" Mit diesen Worten schnallte er sich den alten Jute-

Rucksack wieder auf den Rücken und verschwand alsbald zwischen dem Geäst der Sträucher und der düsteren Tannen. Ron schaute nachdenklich zum lodernden Feuer und bemerkte, dass da noch der Wanderstock des Alten lag. Schnell sprang er auf, griff sich den Stock und rannte dem Alten hinterher, um ihm den Stock zu bringen. Doch so sehr er sich auch umschaute, den alten Mann konnte er nirgends mehr entdecken. So nahm er den Stock an sich und ging zurück. Die übrigen Vier saßen noch immer schweigend um den Weihnachtsbaum und das Lagerfeuer herum und wussten nicht, wie ihnen geschah. Dann aber rief John: „Na los, lasst uns die Geschenke öffnen! So schnell finden wir ganz sicher keine mehr heute Abend!" Und so erhoben sich alle und nahmen sich je ein Päckchen. Merkwürdigerweise trugen alle Geschenke kleine Etiketten, auf denen ihre Namen verzeichnet waren. Schnell waren sie ausgepackt, wobei sich der kleine Tim besonders beeilte. Als alle ihre Päckchen geöffnet hatten staunten sie. John und Susan hatten je eine Reise in eine idyllisch gelegene Baude im Gebirge geschenkt bekommen. Und es war klar, dass sie diese Reise zusammen machen wollten. Lena wunderte sich, denn diesmal hatte sie kein Küchengerät bekommen, so wie sonst. Nein, es war etwas, dass sie sich schon lange gewünscht hatte: ein Urlaub in einer winzigen Fischerhütte am Meer. Und auch Ron fand diesen Urlaubscheck in seinem Präsentkarton. Ja, und der kleine Tim bekam ein blinkendes, feuerrotes Feuerwehrauto, ein ferngelenktes, denn das wünschte er sich am allermeisten. Seine kleinen braunen Augen leuchteten und alle sahen, wie glücklich er war. Noch sehr lange saßen die Fünf am Lagerfeuer und der Heilige Abend verging. Schließlich wurden sie müde und wollten nur noch eines: nach Hause! Als schließlich auch das Lagerfeuer verlöschte, räumten sie alles in die Fahrzeuge, verabschiedeten sie sich voneinander und tauschten noch ihre Adressen aus. Zufrieden setzten sie sich in ihre Autos, und es war ganz merkwürdig, denn die Fahrzeuge ließen sich sofort starten. Langsam fuhren sie durch den tief verschneiten Winterwald zur Autobahn zurück. Und auch hier wunderten sie sich, denn es waren viele Fahrzeuge unterwegs. „Ach, das war wirklich ein wunderschöner Heiliger Abend.", stöhnte Lena und Ron nickte ihr zustimmend zu. Währenddessen schlief der kleine Tim auf dem Rücksitz und hielt dabei seine neue feuerrote Feuerwehr ganz fest in seinen Händen. Susan und John fuhren hintereinander her und hatten nur ein einziges Ziel: die Liebe. Nie hätte Susan gedacht, auf eine solch merkwürdige Weise jemanden kennenzulernen. John fühlte sich ebenso und ihm war leicht, so leicht wie schon lange nicht mehr. Er wusste, dass er mit dieser fabelhaften Frau, mit Susan, alles schaffen könnte. Das gab ihm die nötige Kraft zum Weitermachen und für einen Neuanfang. Und dieses vermeintliche Wunder hatte ihm dieser sonderbare Heilige Abend gebracht. Als Susan schließlich daheim bei ihren Eltern eintraf, kam sie diesmal nicht allein. Sie brachte einen netten, gut aussehenden jungen Mann mit, John. Tim, der daheim wieder zu ganz neuem Leben erwachte, weil er nicht mehr müde sein wollte, setzte sich gleich an seinen Laptop. Er wollte unbedingt die Stelle heraussuchen, wo die Ausfahrt war, an welcher sie diesen sonderbaren Heiligen Abend erlebt hatten. Doch als er auf der Karte nachschaute, gab es da weder eine solche Ausfahrt noch einen dichten Tannenwald. Nichts dergleichen war da zu sehen. Als er den Laptop traurig wieder zuklappte, strich ihm seine Mama ruhig übers Haar und meinte: „Ist es nicht egal, ob es diese Ausfahrt gibt oder nicht? Schau, wir waren alle zusammen und haben sogar ganz liebe neue Freunde kennengelernt. Und du mein Sohn, du hast den Weihnachtsmann gesehen. Das ist doch wirklich toll!" Tim sah das natürlich ein und er holte seine feuerrote Feuerwehr und ließ sie quer durchs Zimmer fahren. Und dabei war ihm, als wenn eine wohlbekannte Stimme raunte: „War das nicht ein toller Heiliger Abend? Immerhin hast du heute den Weihnachtsmann gesehen. Das ist doch auch etwas. Frohe Weihnachten Tim und nicht vergessen: das Wichtigste ist, dass man zusammen ist und am Heiligen Abend nicht allein bleiben muss, egal, wo man gerade ist."

## Ein kleines Lied

Es war am Weihnachtsabend irgendwo in Hollywood. Der Kirchendiener Jim schlenderte ganz allein und ziemlich einsam durch die breiten Straßen seiner wunderschön geschmückten Stadt und sah die vielen erwartungsvollen Gesichter all der Kinder, die an ihm vorüberliefen. Und er erinnerte sich an seine eigene Kindheit vor sechzig Jahren, da lebte er noch in Detroit, Michigan. Immer schon war die Familie arm und Papa und Mama mussten sehr hart arbeiten, um wenigstens an Weihnachten ein schönes Essen auf den Tisch zu zaubern. Von großen Geschenken konnte er nur träumen – aber nein – er träumte davon nicht. Denn er wollte nicht, dass seine Eltern nur für ihn allein noch mehr arbeiten mussten als sie es ohnehin schon taten. Der allerschönste Moment war dann, wenn die Mama die Kerzen am Weihnachtsbaum entzündet hatte und mit der kleinen Weihnachtsglocke die Bescherung einläutete. Ja, es war dieses Zusammensein, diese Liebe untereinander, die er sich immer bewahrt hatte. Nachdenklich schaute er zu seiner kleinen Kirche, in welcher er seit vielen Jahren stundenweise tätig war. Irgendwie strahlte sie an diesem Heiligen Abend eine alles durchdringende Traurigkeit aus. Längst waren die Gottesdienste vorüber und sicherlich würden sehr viele Kinder sehr viele Geschenke bekommen. Ein leises Lächeln huschte über Jims Gesicht und er wischte sich eine winzige Träne vom Kinn. Es war schade, dass er sich damals mit seinen Eltern verstritten hatte und kaltherzig aus Detroit wegging. Die Familie verlor sich schließlich gänzlich aus den Augen und Jim landete dann in Hollywood, wo er anfangs noch glaubte, sein großes Glück zu finden. Doch alle Träume platzten wie dicke Seifenblasen im Wind und er war am Ende froh, dass er in dieser kleinen Kirche ab und an mithelfen durfte. Viel Geld konnte er sich als Kirchendiener jedoch nicht zusammen sparen. Und zu einer Familie hatte er es auch nie gebracht. Aber er konnte die Menschen glücklich machen. Und genau das war es, was ihn selbst ein klein wenig zufrieden sein ließ. Als er so vor sich hin grübelnd in eine dunkle Seitenstraße einbog, um langsam nach Hause zu gehen, stand plötzlich ein alter Mann vor ihm. In seiner gebückten Haltung schien es wohl ein Bettler zu sein, dem es wirklich nicht gut ging. Jim fragte den Fremden, ob er ihm helfen könnte. Der alte Mann musterte Jim wortlos, holte dann tief

Luft und flüsterte schnell: „Ja, ich glaube, du kannst mir wirklich helfen. Du kannst mich zu deiner Kirche begleiten, um mit mir zu beten." Jim wunderte sich, denn er hatte seine kleine Kirche doch längst abgeschlossen, weil der letzte Gottesdienst schon vorüber war. Außerdem war er doch gar kein Pfarrer und er war auch nicht sehr bibelfest. Doch der alte Mann, dem es wahrlich nicht sehr gut zu gehen schien, tat ihm ein wenig leid und so antwortete er: „Gut, wenn du willst. Aber es wird ganz sicher kein großes Erlebnis für dich, denn ich bin kein Pfarrer." Der Alte wiegte schweigend mit seinem Kopf und raunte nur: „Ich weiß, ich weiß mein Sohn. Lass uns dennoch gehen." Die beiden liefen die Straße hinunter bis sie vor Jims kleiner Kirche standen. Dunkel lag sie unter den Bäumen und Jim kramte umständlich den Schlüssel aus seiner Jackentasche. Die Tür knarrte beim Öffnen und alsbald standen die beiden vor dem kleinen Altar. Jim hatte eine dicke Kerze angezündet, die er neben dem Altar abstellte. Der Alte schaute immer wieder zu Jim und dann zu Jesus am Kreuz. Dabei schien er ganz leise in sich hinein zu kichern. Wollte er sich etwa lustig machen? „Komm, lass uns jetzt beten!", sagte er dann. Und die beiden knieten nieder und sprachen ein Gebet. Es war eigentlich so, wie es immer war, doch auch wieder völlig anders. Jim konnte es sich nicht erklären aber tief in sich verspürte er eine ganz merkwürdige Leichtigkeit, eine Wärme, die er noch nie gefühlt hatte. Was war das nur? Es war doch nur ein ganz gewöhnliches Gebet, welches er schon so oft gesprochen hatte. Und er hatte doch schon für so viele Menschen gebetet. Ihm fiel auf, dass der vermeintliche Bettler ihm sein Gebet widmete. Warum tat er das? Warum schloss er ihn in sein Gebet ein, wenn er ihn doch überhaupt nicht kannte? Aber kannte er ihn wirklich nicht? Die ganze Zeit über war es Jim, als wenn er den Alten schon ewig kannte. Was ging hier nur vor? Solch eine Liebe, die in seinem Herzen war, solch eine Demut und Hingabe zu Gott hatte er lange nicht mehr verspürt. Doch es wurde immer merkwürdiger, denn der Alte erhob sich plötzlich und begann ein Weihnachtslied zu singen: Stille Nacht. Für einen kurzen Moment hielt Jim inne und wartete kurz ab. Dann sang er einfach mit. Und welch ein Wunder, obwohl er nie singen konnte und sich um jedes Lied herumdrückte, weil er die Texte nicht beherrschte, gingen ihm jetzt die Textzeilen über die Lippen, als sei es niemals anders gewesen. Und er sang so wundervoll, dass er es selbst nicht begriff. Auf einmal öffnete sich die Kirchentür und neugierige Menschen schauten herein. Sie mochten sich wohl fragen, wer da so gut singen konnte. Jim staunte, denn es waren all die vielen Bettler, die vergessenen Kranken und die herumlungernden Kinder, die auf den Straßen umherirrten, weil sie an Weihnachten niemanden hatten. Selbst die Prostituierten und die Gangster, die sonst die Straßen unsicher machten, standen wie staunende Kinder vor dem magisch glänzenden Altar, der doch nur von einer einzigen Kerze erhellt wurde. Und der Alte rief laut: „Kommt nur, kommt alle herein, dieser Gottesdienst ist nur für euch!" Jim sang ein Weihnachtslied nach dem anderen und konnte einfach nicht mehr aufhören. Und einer nach dem anderen stimmte mit ein in diesen wundersamen Gesang. Plötzlich jedoch verstummte der Alte und starrte wie gebannt zur Tür. Als auch Jim dorthin schaute, traf ihn beinahe der Schlag. Waren da nicht ... ja wirklich ... sie waren es ... in der Tür standen seine Mom und sein Dad. Und es war so wie es damals war, als er noch ein Kind war. Weinend rannte er auf seine Eltern zu und umarmte sie und konnte sie einfach nicht mehr loslassen. In diesem so magischen Moment schien alles vergessen, was jemals zwischen ihnen gestanden hatte, und nur dieser eine Heilige Abend zählte. Ach, es war so wunderbar, dieser Gottesdienst in jener kleinen Kirche, fernab vom Glimmer dieser geheimnisvollen Stadt Hollywood. Und es schien wie ein Märchen, wie ein zauberhaftes Märchen aus einem Märchenbuch, welches wohl nur Gott zu erzählen vermochte. Jim schaute sich um, wollte dem Alten danken, dass der seine Eltern aus Detroit geholt hatte, um ihn zu überraschen. Doch der alte Mann war nirgends mehr zu sehen. Und auch Jims Eltern meinten, dass sie niemand eingeladen hätte. Allerdings hätten sie einen Briefumschlag mit einer höheren Geldsumme erhalten. Und in dem kurzen Anschreiben stand, dass sie damit zu ihrem Sohn kommen sollten, der in Hollywood lebte. Jim konnte das alles nicht glauben. Doch es war ihm auch egal. Es war nur noch wichtig, dass sie alle zusammen waren und sich nun nicht wieder aus den Augen verlieren durften. Doch es gab noch ein weiteres Wunder. Aus einem nahen Restaurant wurde eine riesige Lieferung von Sandwiches und Getränken an die Kirche geliefert. Wer sie bezahlt hatte, wollte der Kurierfahrer nicht sagen – es war eine Überraschung. Doch Jim ahnte, dass nur der Alte dahinter stecken konnte. Es war wirklich ein wunderschöner Heiliger Abend in dieser kleinen Kirche. Und Jim hatte auf einmal die Idee, immer solche Gottesdienste zu halten, nicht nur an Weihnachten. Und er wollte diese Gottesdienste für all die armen Menschen abhalten, die in dieser Stadt lebten. Schon am nächsten Tag sprach er mit dem Pfarrer und der schien recht angetan von dieser Idee, hatte er doch von dem großen Erfolg des Gottesdienstes am Heiligen Abend gehört. Immerhin sprach schon die ganze Stadt davon, und in allen Gazetten wurde darüber berichtet. Eine bessere Publicity konnte sich der Pfarrer nicht vorstellen. Jim allerdings ging es gar nicht darum. Er wollte einfach noch mehr für die Armen tun und hielt fortan so oft es ihm möglich war einen solchen Gottesdienst. Und immer sangen sie Weihnachtslieder, auch „Stille Nacht" Irgendwann wurde auch er als Pfarrer eingesetzt und er wurde sehr berühmt. Viele Städte wollten Jim in ihren Gotteshäusern hören und sehen. Und in jeder Stadt sang er seine Weihnachtslieder, und immer wieder sang er „Stille Nacht" Seine Eltern zogen zu ihm nach Hollywood und gemeinsam lebten sie in einem kleinen Haus gleich neben der Kirche, welches sich Jim von seinem Geld nun leisten konnte. Ja, es war alles so wie früher, sie waren alle wieder zusammen. Mehr wollte Jim auch gar nicht. Den alten Mann hatte er nie wieder gesehen; doch immer, wenn er seinen Gottesdienst abhielt, glaubte er, dass der Alte ganz nah bei ihm war. Er hörte ihn sogar singen, und allein das gab ihm die Überzeugung, dass er es richtig gemacht hatte. Er wusste genau, was er im Leben wollte – er wollte die Menschen glücklich machen und wollte für immer mit seinen Eltern zusammen sein. Er wusste, sein Leben war wie ein märchenhaftes Lied und er wollte immer nur dieses eine, leise kleine Weihnachtslied singen:

„Stille Nacht"

**Flaschenpost**

Jenny liebte es, ihren Urlaub am Meer zu verbringen. Immer, wenn es ihr möglich war, fuhr sie dorthin. Und wenn die kühle Seeluft um ihre Ohren blies, fühlte sie sich so richtig wohl. Auch im Sommer des Jahres 2002 war das wieder so. Bereits drei Tage genoss sie schon ihren Urlaub und das Wetter war herrlich. Die Sonne schien und sie konnte jeden Tag am Strand liegen. An einem besonders heißen Tag musste sie sich oft im Wasser abkühlen, damit sie es in der Sonne aushalten konnte. Sie schwamm weit hinaus und tauchte ab und zu mit ihrem Kopf in das kühle Wasser. Plötzlich stieß sie an einen harten Gegenstand. Erschrocken schaute sie sich um und entdeckte vor sich eine kleine Flasche, die munter auf den Wogen tanzte. Natürlich wunderte sie sich über dieses seltsame Fundstück, doch sie ergriff es und schwamm zum Strand zurück. Sie hatte keine Zweifel, dass es sich um eine Flaschenpost handelte. In ihrer kleinen Strandburg betrachtete sie sich die Flasche etwas genauer. In ihrem Inneren entdeckte sie einen eingerollten Zettel - war das ein Brief? Mit einem Stein zerschlug sie die Flasche und nahm den Zettel an sich. Bisher hielt sie das

Ganze für einen großen Spaß, doch als sie den Zettel las, verging ihr das Lachen. Der Zettel war in englischer Sprache verfasst. Darauf stand: „Ich bin Toni Miller. Ein Schiff ist in Seenot, die „Corona-Star"! An Bord sind etwa 150 Passagiere. Sie wurden im dichten Nebel von irgendetwas gerammt. Wenn Sie diese Nachricht lesen, kommen sie und rettet Sie die Leute. Vielleicht haben sie noch eine Chance. Danke, T. M.!" Nervös faltete Jenny den Zettel zusammen und sammelte die Scherben der Flasche auf, um sie in eine alte Einkauftüte zu werfen. Sollte sie diese Flaschenpost ernst nehmen? Doch an wen sollte sie sich wenden? Vielleicht wusste die örtliche Polizei Rat. Sie packte ihre Sachen zusammen und lief los. Bei der Polizei legte sie den Zettel vor und die begannen nach anfänglichen Bedenken mit den Ermittlungen. Jenny war nicht sehr wohl bei dem Gedanken, dass vielleicht zur gleichen Zeit so viele Menschen in Not sein könnten. Das Schiff, die „Corona-Star" gab es tatsächlich und sie war bereits auf dem Weg. Doch es gab weder eine Katastrophe, noch waren Menschen in Not. Es konnte nichts unternommen werden. Dennoch ließ Jenny diese Nachricht keine Ruhe. Sie hatte das untrügliche Gefühl, dass dem Schiff nichts Gutes bevorstand. Von ihrer Mutter hatte sie diese Gabe für Vorahnungen geerbt. Und schon oft wurden sie dadurch vor Schlimmerem bewahrt. Sie musste unbedingt Kontakt zum Kapitän des Schiffes aufnehmen. Von der Polizei erfuhr sie, wie sie mit dem Schiff in Kontakt treten konnte. Sie rief beim Kapitän an und der zeigte sich sehr verständig. Jenny meinte, dass sein Schiff möglicherweise mit etwas Unbekanntem kollidieren könnte. Und da sich die „Corona-Star" bereits vor einer dichten Nebelwand befand, ließ er das Schiff vorsichtshalber evakuieren. Kaum hatte er die Passagiere zu drei in der Nähe befindlichen Fischkuttern bringen lassen, geschah das Unglück. Aus der Luft ertönte ein ohrenbetäubendes Pfeifen, dann schlug mit lautem Knall etwas Großes auf das Schiff. Es stellte sich heraus, dass ein Meteorit aus dem All auf das Schiff gestürzt war. Er zerstörte einige Kabinen und riss außerdem ein riesiges Loch in den Rumpf. Im dichten Nebel sank das Schiff innerhalb weniger Stunden. Hätte der Kapitän nicht rechtzeitig die Menschen auf dem Schiff evakuieren lassen, wären viele ums Leben gekommen. Jenny konnte es einfach nicht fassen. Die Katastrophe fand tatsächlich statt! Doch das aller seltsamste war, dass die Flaschenpost von keinem der Geretteten abgeschickt wurde. Weder unter den Passagieren noch in der Mannschaft des Schiffes gab es einen Toni Miller. Vielleicht hatte jemand unter einem falschen Namen die Flaschenpost verfasst? Als sie den Zettel noch einmal genauer betrachtete, bemerkte sie, dass es sich um ein abgerissenes Stück eines Kalenders handelte. Darauf stand ein Name, vielleicht der des Schiffes? Jenny las: „Andrea Doria". Auch das Datum konnte man noch erkennen. Es war der 25. Juli, der Tag, an welchem die „Andrea Doria" damals mit einem anderen Schiff kollidierte. Bei Jennys weiteren Recherchen kam außerdem ans Licht, dass sich an Bord der „Andrea Doria" auch ein Passagier namens Toni Miller befand…

**Bubis Tipp**

Vor vielen Jahren hatten wir einen kleinen gelben Wellensittich. Er hieß Bubi und war so verständig, wie eigentlich ein kleines Vögelchen kaum sein konnte. Wenn wir ihn riefen, kam er sofort angeflogen und wenn er Futter bekam, schaute er uns mit seinen kleinen schwarzen Äugelein an, als wollte er sich bei uns bedanken. Oft spielten wir mit ihm und wenn er mal seine Ruhe haben wollte vor uns, zeigte er das ziemlich deutlich. Er schien wirklich alles zu verstehen. Und so wunderte ich mich damals auch nicht, als er meiner Mutter auf Schritt und Tritt hinterher flatterte. Er liebte sie wirklich sehr. Sie kümmerte sich auch immer sehr liebevoll um ihn. Doch sie ging zu dieser Zeit noch zur Arbeit, war jeden Tag unterwegs. Sie arbeitete damals als Vertreterin für eine Metallbaufirma. Mit den unterschiedlichsten Produkten fuhr sie von Stadt zu Stadt und kam abends geschafft und gestresst zurück. Doch Bubi störte das nicht. Schon wenn Mutter zur Haustür herein kam, rief er aufgeregt nach ihr. Ja, er spürte es genau, wenn Mutter kam. Eines Tages, Mutter war wie immer unterwegs, flatterte Bubi schon am Nachmittag aufgeregt durch die Zimmer. Das war sehr außergewöhnlich, denn meistens saß er um diese Zeit ruhig und müde in seinem Bauer. Er sang dann leise vor sich hin und freute sich wohl, bei uns zu sein. Doch an diesem Tage war alles anders. Er konnte sich einfach nicht beruhigen. Mal flog er auf meinen Kopf, dann wieder zum Bücherregal. Dieses Spielchen trieb er stundenlang. Wollte er mir irgendetwas damit sagen? Am Abend wunderte ich mich, dass Mutter nicht kam. Bubi flog aufgeregt von meinem Kopf hinüber zum Bücherregal und ich hatte plötzlich so eine komische Ahnung. Ich hielt meinen Zeigefinger an Bubis Füßchen und er sprang darauf. Dann ging ich zum Bücherregal und sagte ihm, er soll mir das zeigen, was er mir schon die ganze Zeit zeigen wollte. Bubi sprang sofort auf einen Autoatlas. Schnell zog ich das Buch hervor und Bubi sprang sofort auf den Buchdeckel. Ich schlug den Atlas auf und Bubi flog einige Male um ihn herum. Als ich die Landkarte aufschlug, die den Ort beinhaltete, wo Mutter unterwegs war, flog Bubi auf ein eingezeichnetes Waldstück. Dann pickte er mit dem Schnabel auf eine ganz bestimmte Landstraße, welche durch dieses Waldstück führte. Ich wartete nicht lange, zog mir eine Jacke über und ging los. Bubi war mir ins Treppenhaus gefolgt und saß plötzlich auf meiner Schulter. Ich wusste, dass er nicht weg fliegen würde. Immer sagte ich ihm, dass wir nun zu Mutter fuhren. Als wir losfuhren, zwitscherte er laut und schaute interessiert auf die Straße hinaus. So schnell es ging fuhren wir zu dem Wald, den Bubi durch sein Picken angezeigt hatte. Als wir langsam auf der verlassenen Landstraße entlangfuhren, die Bubi bereits im Atlas angezeigt hatte, wurde er ganz unruhig. Doch so sehr ich auch suchte, Mutters Fahrzeug konnte ich nirgends entdecken. Bubi hackte mich immer wieder ins Ohr. Was wollte er mir nur sagen? Ratlos hielt ich den Wagen an und stieg aus. Bubi saß noch immer auf meiner Schulter und hackte wild auf mein Ohr ein. Plötzlich flog er davon. Er flog so schnell, dass ich ihn schon bald aus den Augen verlor. Ich hätte es wissen müssen und ärgerte mich, Bubi nicht zu Hause gelassen zu haben. Jetzt war er wohl für immer davon geflogen. Aber wo war Mutter? Und wieso hatte mich Bubi immerfort ins Ohr gehakt? Da vernahm ich aus der Ferne das Klopfen eines Spechts. Meinte Bubi vielleicht dieses Geräusch, als er mein Ohr malträtierte? Ich versuchte, dem Klopfen nachzugehen und stand plötzlich mitten im Wald. Der Specht musste unmittelbar vor mir sein. Da sah ich etwas weiter entfernt ein Fahrzeug auf dem einsamen Waldweg stehen. Es war Mutters Auto! Schnell rannte ich dorthin. Die Motorhaube war geöffnet und dahinter stand Mutter mit einer ihrer Kolleginnen. Wir fielen uns in die Arme. Mutter meinte, dass sie eine Panne hätten. Das Fahrzeug tat keinen Mucks mehr. Auch ihr Handy funktionierte nicht, weil der Akku leer war und die Kollegin hatte kein Handy bei sich. Sie hätten wohl ins nächste Dorf laufen müssen, um Hilfe zu bekommen. Doch das war kilometerweit entfernt. Und hier im Wald übernachten? Wir waren glücklich, dass wir uns gefunden hatten. Und als ich ihr erzählte, dass nicht ich sondern der liebe kleine Bubi sie gefunden hatte, wunderte sie sich gar nicht. Da hörte ich ein leises Piepsen. Erleichtert entdeckte ich unseren Bubi auf Mutters Rücken. Munter und vergnügt sprang er dort umher und wir waren glücklich, dass alles so gut ausgegangen war. Wir stiegen in mein Fahrzeug und fuhren heim. Doch unterwegs stellten wir plötzlich fest, dass Bubi fehlte. Als wir ins Fahrzeug stiegen, musste er davon geflogen sein. Komisch, dass keiner etwas davon bemerkt hatte. Ich wendete den Wagen und fuhr zurück. Und tatsächlich, auf dem Dach von Mutters

Wagen saß noch immer Bubi und rief laut nach uns. Mutter wollte ihn auf ihren Finger nehmen. Da fiel ihr Blick ins Innere ihres Wagens. Erschrocken stellte sie fest, dass sie dort ihre Geldbörse liegen gelassen hatte. Sie lag auf dem Fahrersitz und einige Geldscheine schauten aus ihr heraus. Außerdem war das Fahrzeug nicht verschlossen. In der Aufregung hatte sie wohl vergessen, es abzuschließen. Schnell nahm sie die Börse an sich. Dann konnten wir in aller Ruhe losfahren. Bubi saß auf Mutters Schulter und war froh, seine Mutti endlich wieder zu haben. Und wir waren glücklich und erleichtert, gesund beieinander zu sein. Danke Bubi ...

## Steinschlag

s war bei Atkins-Hope, einer verlassenen Gegend irgendwo in den Rocky Mountains. Ich hatte mich in einer kleinen Herberge eingemietet und wollte zu einer Bergtour aufbrechen. Das Wetter schien durchzuhalten und so lief ich los. Doch es kam alles anders, als ich es mir vorstellte. Plötzlich und ohne eine Vorwarnung überraschte mich ein fürchterlicher Schneesturm. Ich konnte mich kaum auf den Beinen halten und es wurde immer eisiger. Zwar hätte ich wissen müssen, dass es hier oben ständig starke Wetterwechsel gab. Doch die Neugierde und der Drang nach dem Unbekannten trieben mich immer weiter voran. Endlich entdeckte ich einen Felsvorsprung und ich legte eine kleine Rast dort ein. Ich wollte mich ausruhen und überlegen, ob ich sicherheitshalber wieder umkehren sollte. Als ich noch einmal nach unten schaute, um zu sehen, wie weit ich schon vorangekommen war, erschrak ich fürchterlich. Etwas weiter unten, zwischen den Felsen lag ein lebloser Mann. Ich konnte zwar nichts Genaues erkennen, doch ich musste zu ihm hinunter klettern, um nachzusehen, ob ich ihm doch noch helfen konnte. Mühsam war der Abstieg, doch als ich an

der Stelle ankam, wo ich den Mann hatte liegen sehen, fand ich ihn nicht mehr. Er war verschwunden. Ich konnte mir das nicht erklären. Mehrmals suchte ich das Gelände ab, doch ich fand ihn einfach nicht. Plötzlich jedoch entdeckte ich weiter unten tatsächlich den Fremden wieder. Er lag zwischen Geröll und Felsbrocken und rührte sich nicht. Diesmal schien es etwas näher zu sein und ich konnte bei genauerem Hinsehen schließlich sein Gesicht erkennen. Ich erschrak, denn dieser Mann, der dort lag, war ich! Mir lief ein eiskalter Schauer über den Rücken. Wie konnte so etwas möglich sein? Hatte ich jetzt schon Halluzinationen? Oder ähnelte er mir nur? Noch einmal schaute ich hinunter. Doch es gab keinen Zweifel! Das Gesicht, sogar die Kleidung, der Rucksack, hundertprozentig lag mein Ebenbild dort unten! Das Gesicht des Mannes war blutverschmiert und ich glaubte noch immer an eine Wahnvorstellung. Sollte tatsächlich die Luft hier oben so dünn sein, dass mir meine Sinne einen üblen Streich spielten? Ich beschloss, sofort nach Atkins-Hope zurück zu kehren. Vielleicht war ich krank und dies waren bereits die ersten Anzeichen darauf. Ich packte meinen Rucksack und kletterte den steilen Felshang hinab. Nach einer halben Stunde kam ich vollkommen erschöpft in Atkins-Hope an. Dort stand mein Wagen und ich legte meine Kleidung und meinen Rucksack in den Kofferraum. Plötzlich krachte und knallte es über mir im Berg. Das Vibrieren erreichte nun auch meinen Parkplatz. Die heftigen Erschütterungen lösten einen Steinschlag aus. Ich stieg in den Wagen und fuhr eilig davon. Doch ich hatte bei meinem überstürzten Aufbruch meine kleine Tasche mit der Geldbörse verloren. Ein Umkehren allerdings war nicht mehr möglich. Glücklicherweise unbeschadet erreichte ich die Straße, die zu meiner Herberge führte. Von dort aus konnte ich beobachten, was oben in den Bergen geschah. Vermutlich ein Erdbeben hatte eine riesige Gerölllawine ausgelöst, die nun mit lautem Getöse ins Tal hinunter stürzte. Wäre ich dort oben geblieben, wäre ich mit großer Sicherheit nicht mehr am Leben. Ich konnte mein Glück kaum fassen. Als ich weiter ins Tal fuhr, sah ich erneut eine Person, die vor dem Wagen lief. Die Person drehte sich um und ich konnte nicht glauben, was ich da sah. Ich selbst lief da auf der Straße nach unten! Das Ebenbild winkte mir fröhlich zu und ich hielt sofort den Wagen an. Ich wollte dem Spuk auf den Grund gehen. Doch als ich aus dem Wagen stieg, um nach meinem vermeintlichen Ebenbild zu schauen, war das nicht mehr da. Ich suchte die ganze Straße ab, doch nirgends konnte ich jemanden entdecken. Nachdenklich stieg ich in meinen Wagen zurück. Und mir war klar, dass mich irgendetwas vor diesem schrecklichen Unglück in den Bergen bewahrt hatte. Als ich in meiner Herberge ankam, sah ich erneut diese rätselhafte Person, die mir glich wie mein Spiegelbild. Die unheimliche Person stand an der Rezeption und unterhielt sich wohl gerade mit dem Angestellten. Ich lief auf den Tresen zu, doch die Person schien es eilig zu haben und rannte davon. Nervös fragte ich den Angestellten, wer dieser fremde Mann sei. Doch der Angestellte schaute mich verständnislos an und glaubte wohl, ich wollte ihn veralbern. Lachend meinte er: „Wollen Sie mich verschaukeln? Sie haben doch selbst hier gestanden und ihre Rechnung bezahlt. Na, jedenfalls danke ich Ihnen sehr und wünsche Ihnen eine gute Heimfahrt."

**Kollision**

s war trübe geworden und der Herbst hielt mit aller Macht Einzug in die Welt. Milla war eine junge Frau, die gerade erst ihr Psychologiestudium erfolgreich hinter sich gebracht hatte und nun in der großen Stadt Atlantic City lebte. Der Regen an diesem Tage gefiel ihr gar nicht, doch sie ließ sich davon nicht abhalten, ein wenig durch die breiten Straßen ihrer schönen Stadt zu laufen. Sie wollte abschalten und es sah ganz so aus, als wenn es ihr auch gelingen mochte. Aber da waren auch die Probleme und die Sorgen, all die Rechnungen, die sie erhielt, nicht mehr begleichen zu können. Denn obwohl sie ihr Studium so erfolgreich abschließen konnte, hatte sie noch immer keinen Job gefunden und das Geld, welches sie sich zusammengespart hatte, ging ihr langsam aus. Wie sollte es nur weitergehen, wie sollte sie nur ihr Leben auf die Reihe bekommen, wenn doch so ganz und gar nichts richtig lief? Sollte sie vielleicht stempeln gehen, so jung, wie sie war? War das wirklich eine Lösung? Wo blieb das Glück, von dem sie oft träumte?
Da begegnete ihr ein kleines Mädchen. Mit seinen großen Kulleraugen schaute es zu Milla auf und schien sie irgendetwas fragen

zu wollen. Natürlich blieb Milla stehen und sprach zu dem Kind, wollte wissen, warum es so schaute. Das kleine Mädchen aber schwieg zunächst, wollte wohl nicht sprechen, vielleicht war es aber auch einfach nur verstockt, aber dann sagte es doch noch etwas: „In drei Stunden geht die Welt unter und dann ist alles vorbei!"
Milla hatte ja so einiges erwartet und war auch schon einiges gewohnt, aber eine solche unfassbare Antwort hatte sie nicht erwartet. Was war nur mit diesem eigenartigen Mädchen los? Ging es ihr nicht gut oder war sie gar psychisch ... nein! Milla schaute in den wolkenverhangenen Himmel und wischte sich den herniederprasselnden Regen von der Stirn. Als sie wieder nach unten schaute, war das kleine Mädchen verschwunden. Irritiert schaute sie sich nach allen Seiten um, aber zwischen den vorbeieilenden Menschen konnte sie die Kleine nirgends mehr entdecken. Nachdenklich lief sie zu einem angrenzenden Park und setzte sich auf eine der vielen vom Regen durchnässten Bänke. Sie kam einfach nicht über diesen furchterregenden Satz hinweg. Wie kam diese Kleine nur auf einen solchen, zugegebenermaßen unglaublichen Gedanken? Wer hatte ihr das nur gesagt – den Weltuntergang gab es doch gar

nicht, das wussten doch schon die Kinder in der Schule. Doch so sehr sie auch versuchte, das soeben Erlebte wegzuschieben, es gelang ihr einfach nicht. Stattdessen fielen ihr nun auch noch die Naturkatastrophen ein, über die in den Morgennachrichten berichtet wurde. Nein, sie musste unbedingt etwas Sinnvolles anstellen, bevor sie gänzlich in Panik verfiel. So setzte sie einfach ihren Spaziergang durch den Regen fort und zwang sich streng, nicht mehr daran zu denken. Als sie daheim war, schaltete sie den Fernsehapparat ein und war sprachlos. Denn da wurde eindrucksvoll berichtet, dass sich aus bisher ungeklärten Gründen der Nachbarplanet der Erde, der Mars aus seinem Orbit gelöst habe und sich nun auf die Erde zubewegte. Das Ganze geschah so schnell, dass bereits Notfallpläne veröffentlich wurden. Milla schoss der Schreck in alle Glieder und sie spürte, wie ihr Magen rebellieren wollte. Sollte das wirklich alles wahr sein, und woher wusste dieses kleine Mädchen von all diesem Übel? Hatte es diese Nachricht vielleicht schon irgendwo gelesen? Panisch stürzte Milla in die Küche und nahm sich eine Schreibe trockenes Brot. Irgendetwas musste sie jetzt zu sich nehmen, bevor sie das Haus wieder verließ. Immerhin dachte sie schon darüber nach, wie die Evakuierung ablaufen könnte. Doch draußen blieb es ruhig und nur der Regen plätscherte gleichmäßig gegen die Scheiben. Nervös setzte sich Milla wider auf ihr Sofa und verfolgte weiterhin die verhängnisvolle Nachrichtensendung. Nun wurde ein Filmbericht gezeigt, indem man den Mars sehen konnte. Er war ein winziger Lichtpunkt, der sich rasch über den Himmel bewegte. Sollte das wirklich der nahende Planet, dieses nahende Unglück sein? Wieder schaute sie aus dem Fenster, und diesmal hatten sich schon sehr viele Menschen aus ihren Häusern begeben, um zum Himmel zu starren und auf die Katastrophe zu warten. Milla aber wollte das nicht, sie nahm den Telefonhörer und rief Ken, einen Freund im Institut an, um sich nach dieser vermeintlichen Katastrophe zu erkundigen. Zu allem Unglück bestätigte Ken das nahende Desaster und meinte, dass er ihr einen Platz in einem Atombunker, nicht weit von der Stadt, anbieten könnte. Milla nahm dankend an, wollte aber erst einmal sehen, wie es weiterging. Nun hielt sie es doch nicht mehr in der Wohnung aus! Schnell packte sie sich einige Sachen in ihre Umhängetasche und stürmte ebenfalls hinaus zu den anderen auf die Straße. Unterdessen hatte sich der

Regen verzogen und die Menschen konnten ungehindert in den klaren Himmel schauen. Auch Milla schloss sich der Masse an und starrte nach oben. Der immer größer werdende Lichtpunkt versetzte die ganze Stadt, ja sogar die ganze Welt in Angst und Schrecken. Als schließlich der gesamte Horizont von der mächtigen dunkelroten Scheibe des Mars verdeckt wurde, liefen einige Leute weinend davon. Andere suchten in ihren Häusern und Wohnungen Schutz, obwohl sie wussten, dass diese Notfallmaßnahme, dieser verzweifelte Rettungsversuch vollkommen unnötig war. Milla blieb, denn sie wollte auf einmal der tödlichen Gefahr ins Auge schauen. Wenn sie schon sterben musste, so dachte sie sich, dann wenigstens hoch erhobenen Hauptes! Schon konnte sie einzelne Krater und eigenartige Landschaftsformationen auf dem fremden Planeten ausmachen und es würde wohl nicht mehr lange dauern, bis er mit der Erde kollidierte. Um den dabei entstehenden Krawall nicht mehr hören zu müssen, hatte sie sich Ohrstöpsel mitgenommen, die sie sich nun fest in die Ohren stopfte. Irgendwie wurde sie immer ruhiger und der nahende Tod ließ sie plötzlich kalt. „Wie schön der Mars doch ist" flüsterte sie so vor sich hin, und in Gedanken flogen all die vielen Erlebnisse und die schönen und weniger schönen Stunden wie Eilzüge an ihr vorüber. Sie dachte an ihre Lieben und an die, die sie nicht so sehr mochte. Und sie dachte an das, was sie vielleicht noch erlebt hätte. „Schade" raunte sie einsilbig dahin und war traurig, dass sie in Kürze auf eine ziemlich komische Art und Weise aus dem Leben gerissen werden würde. Plötzlich spürte sie etwas Warmes in ihrer Hand. Als sie herunterschaute, sah sie das kleine Mädchen. Es stand einfach neben ihr und hielt ihre Hand ganz fest. Doch es weinte nicht und es sprach auch kein einziges Wort, es stand nur einfach da und schaute zusammen mit den anderen zu dem riesigen Planeten dort oben am Himmelszelt. Schließlich sagte es doch noch etwas: „Siehst du, ich hab's dir ja gesagt", und Milla musste sich die Tränen aus dem Gesicht wischen. Aber nicht wegen der drohenden Katastrophe, nein, wegen der Traurigkeit des kleinen Mädchens, dass sein ganzes Leben noch vor sich hatte und es doch nicht leben sollte! Und auf einmal waren all die vielen Sorgen und Nöte wie weggeblasen. Wie ein Wasserfall, der mit aller Kraft an spitzen mächtigen Felsen nach unten stürzt, machten sich eine unendliche Klarheit und eine nie gekannte Leichtigkeit in Milla breit. Wieso hatte sie so etwas nicht schon viel früher gespürt? Warum sich immer nur über Nichtigkeiten aufregen, über Dinge, die man am Ende doch nicht ändern konnte? Warum eigentlich an all den vielen Tagen, dem vermeintlichen Glück hinterherrennen, und es dann doch nicht ergreifen können? Was war denn eigentlich dieses Glück? Geld, Reichtum, Erfolg, vielleicht ein supertoller Sportwagen? Sie wusste, dass es all das nicht sein konnte. Und als sie den riesigen roten Planeten da vor sich erblickte, drückte sie die Hand des kleinen Mädchens ganz fest an sich und wusste auf einmal, was das Glück wirklich war – es war dieser eine Augenblick, das Leben selbst, der Himmel, die Luft, die sie atmen konnte und der Frieden, in welchem sie sein durfte. Ja, und es war dieses kleine Mädchen, das nicht viel sprach, aber doch so viel sagte, wie sie es noch nie erlebte. Ja, das alles war das Glück und sie würde alles darum geben, wenn sie einfach nur zwanglos und ohne alle Konventionen weiterleben dürfte, ja, das würde sie! Und wie sie das so dachte und sich im Klaren war, das selbst dieser eine kurze Moment, als ihr diese weitreichende Erkenntnis kam, unglaubliches Glück bedeutete, wurde es schwarz um sie herum! Sie glaubte, den Boden unter ihren Füßen zu verlieren, und auch das kleine Mädchen schien nicht mehr da zu sein. Was war nur geschehen; war das die befürchtete Kollision, war das das erwartete Ende? Es dauerte einige Zeit, bis sie ihre Augen wieder öffnen konnte. Sehr hell war es um sie herum, gleißend hell sogar. War sie vielleicht im Paradies oder war das die Hölle? Es war nichts dergleichen! Sie lag auf ihrem Sofa und hatte wohl alles nur geträumt. Stöhnend erhob sie sich und fühlte sich auf einmal recht wach und ausgeschlafen. Draußen war es hell und die Sonne schien zwanglos vom azurblauen Himmel. Ein wenig nervös und mit einer leichten Spur von Ängstlichkeit schaute sie zum Himmel. Doch da war weder der riesige Planet Mars, noch irgendein anderes Unheil, dass sich sogleich über sie und die Welt wie ein Schwarm Asteroiden niederwalzen mochte. Nein, da hing nur die wärmende Sonne und der endlose blaue Himmel. Und plötzlich spürte sie eine unbändige Kraft in sich und den alles beherrschenden Wunsch, in die Welt hinaus zu gehen, zu den anderen Menschen zu gehen und ohne Unterlass zu singen und zu tanzen. Und eine innere Stimme sagte zu ihr: Warum tust du dann nicht! Noch einmal schaute sie

sich im Zimmer um - auf dem Tisch lagen noch drei unbezahlte Rechnungen, doch das störte sie überhaupt nicht mehr. Sie würde schon einen Weg finden, und so lief sie aus der Wohnung, die Stufen hinab, hinaus auf die belebte Straße. Auf dem Bordstein saßen zwei junge Männer. Neben ihnen lag ein riesiges Kofferradio, welches sie auf Volltouren gestellt hatten; und plötzlich begann Milla zu der überlauten, verrückten Musik zu singen und zu tanzen. Tja, und es war wirklich total irre, aber die anderen Leute tanzten einfach mit. Es schien, als ob alle nur auf diesen einen Moment gewartet hätten. Die ganze Straße sang und tanzte! Dabei kam es weder auf Können, noch auf Stimme oder einen sicheren Text an. Es ging nur um die Fröhlichkeit und um das Leben! Einfach nur leben, das dachten sich wohl alle; und ganz sicher hatte jeder dieser vielen Menschen mit irgendeiner Kollision im Leben zu kämpfen. Da gab es nur noch eines, rausgehen und leben, einfach nur leben!
Als Milla so unbeschwert durch die Straßen tanzte, bemerkte sie plötzlich ein Mädchen, welches schweigend am Straßenrand stand und sich freute, das alle Menschen so glücklich waren. Milla erkannte es sofort: es war das kleine Mädchen aus ihrem Traum.

Aber, war es überhaupt ein Traum? Egal, frohen Mutes winkte sie dem Mädchen zu und das winkte zurück und verschwand plötzlich in der Menschenmenge. Milla sah es niemals wieder, doch sie hatte ja auch schon das wichtigste im Leben wiedergefunden:

**Das Glück!**

## Comeback

Was für ein wundervoller Song: „I Want You". Donna liebte diesen Song so sehr. Es war wohl ihr bester Song, den sie je gesungen hatte. Er war so gefühlvoll und beherrschte ihre Seele wie auch die Herzen der zahllosen Fans. Dennoch lief ihr neuestes Album nicht mehr so gut. Es wurde nicht mehr so oft gekauft und Donna wusste nicht so genau, ob sie ihre Millionenvilla am Rande von Los Angeles noch halten konnte. Das Personal, der riesige Swimmingpool, alles musste unterhalten werden. Doch die Kosten fraßen sich tief in ihren Geldbeutel hinein. Längst waren alle Reserven aufgebraucht und es gab nur noch dieses eine letzte Album. Weinend saß sie nach ihrem letzten Konzert in ihrem Hotelzimmer und wusste nicht so genau, ob sie aus dem Fenster springen, oder doch lieber Schlaftabletten schlucken sollte. Sie lief zum Fenster und zog die langen weißen Stores beiseite. Von unten winkten ihr hunderte Fans zu. Sie konnte niemanden enttäuschen. Sie liebte alle diese wunderbaren Menschen. Doch sie liebte auch ihre Musik und sie liebte ihren Reichtum über alles. Wie sollte sie nur ohne all das weiteleben können? Da klopfte es an ihrer Tür.

Sie zögerte, sollte sie öffnen? Leise schlich sie zum Spiegel und erschrak! Wie sah sie nur aus? Dicke Tränen liefen über ihr Gesicht und hatten dabei die schwarze Wimperntusche mit sich genommen. So konnte sie doch unmöglich Gäste empfangen. Mit einem Taschentuch wischte sie sich die klebrige Wimperntusche aus dem Gesicht und ging langsam zur Tür. Wieder klopfte es und sie hielt die Klinke in der Hand. Sollte sie wirklich öffnen? Wie ferngesteuert drückte sie die Klinke nach unten. Vor der Tür stand ein alter Mann in einem schwarzen Anzug. Irgendwie kam ihr dieser Herr bekannt vor. Wer konnte das nur sein? Sie kam nicht drauf. Vielleicht verwechselte sie ihn ja mit irgendjemandem. Außerdem hatte sie doch im Moment ganz andere Sorgen.
Höflich bat sie den alten Mann ins Zimmer und fragte ihn nach seinem Begehr. Doch der Alte schaute sie nur schweigend an und lächelte. Er hatte solch eine unglaubliche Ausstrahlung, dass Donna schon wieder unzählige Tränen aus den Augen schossen. Der Alte jedoch schien sich überhaupt nicht daran zu stören. Behutsam nahm er ihre Hand und sie setzten sich auf das samtweiße, weiche Sofa neben dem großen Kristallspiegel. Noch immer sprach er kein einziges Wort,

schaute sie nur immerfort an. Donna wusste nicht, was mit ihr geschah. Irgendetwas schien von ihr Besitz zu ergreifen. Irgendetwas Unbekanntes, etwas Unfassbares. Sie wollte etwas sagen, konnte es aber nicht. Unentwegt schaute sie in die strahlend blauen Augen des alten Mannes und spürte doch so eine ungeheure Gefühlsregung in ihrem Herzen, dass es ihr beinahe Angst wurde. So etwas Wunderbares hatte sie noch niemals in ihrem Leben gefühlt. Sie wusste, dass das nicht normal sein konnte. Doch sie konnte nichts sagen. Ihre Seele wollte ständig etwas zu diesem Manne sprechen, doch ihr Mund versagte es ihr. Da geschah etwas Wunderbares. Der Alte begann plötzlich zu singen, einen wunderbaren alten Song, und er hatte eine unglaublich warme Stimme. Er sang, und um Donna herum verschwanden Angst und Sorgen. Die beiden erhoben sich vom Sofa und tanzten, und der Alte sang und sang und sang. Donna weinte in einem Fort und irgendwann waren die beiden vereint in einer rosaroten Wolke aus Musik und Leben. So ein unfassbares Gefühl kannte sie bisher nicht. Es war wohl das Größte, was sie bisher erleben konnte, durfte. Die beiden flogen über den kostbaren Teppichboden und irgendwann sang Donna einfach mit. Da verschmolzen beide Stimmen, zerschmolzen beide Lieder zu einer einzigen Sinfonie. Und es war, als sei ein Engelschor im Raum, der sie begleitete. Die Töne kamen wie selbstverständlich aus jeder Ecke des riesigen Raumes. Es schien, als sei das Lied endlos und würde niemals mehr verklingen. Und der Rhythmus vermischte sich mit dem sehnsuchtsvollen Blut der Hoffnung und verfing sich in den Seelen der beiden Glücklichen. Donna schien es, als wären Millionen Zuschauer an den Fenstern und überall in diesem vornehmen mondänen Hotel. Schließlich verstummte der Alte und aus war auch der wundervolle Swing. Die beiden umarmten sich und Donna wusste plötzlich, was sie zu tun hatte.

Nie zuvor war ihr so klar wie in diesem Moment, was sie wollte. Sie spürte einen heftigen Stich im Herzen. Sie sah ihren Weg, der geradlinig und deutlich vor ihr lag. Und sie wollte es versuchen, so klar war dieser Wunsch, so eindeutig das Vorhaben. Doch dieser neue Stil war etwas Außergewöhnliches, etwas Wunderbares. Sie spürte plötzlich, wie sie weitermachen musste. Und ohne dass der Alte auch nur ein einziges Wort verlor, löste er sich aus ihren Armen und verschwand alsbald durch die Tür. Donna wollte nicht, dass er ging, hatte ihm doch noch so viel zu erzählen. So schnell sie konnte rannte sie hinter ihm her und stand auf dem breiten Gang vor ihrem Zimmer. Aber da draußen war niemand, der Gang war leer. Traurig kehrte sie ins Zimmer zurück. Und obwohl sie wieder weinen wollte, fiel ihr plötzlich ein, was sie eben noch gedacht hatte. Es war ihre neue Idee, sie wollte ihr Glück im Duett versuchen. Sie kannte einen sehr guten Sänger, Paul Deacon, er war ein fantastischer Swing Sänger. Sie zögerte nicht lange, rief Paul sofort an. Der hatte tatsächlich Zeit und zeigte sich sehr angetan von dieser Idee. Und er meinte, dass auch seine Soloprogramme zurzeit nicht so gut liefen. Sie trafen sich noch am gleichen Abend und probierten gemeinsam einen wundervollen Song. Es passte alles so gut und schon den nächsten Abend wollten sie gemeinsam gestalten.

Donnas Comeback war einfach grandios! Zusammen mit Paul Deacon eroberte sie die Welt des Swings. Sie konnte sich gar nichts schöneres mehr vorstellen. Die Gelder flossen und sämtliche Alben, die die beiden produzierten wurden Riesenerfolge. So gern hätte sie dem alten Mann, der damals in ihrem Hotelzimmer war, von ihrem großen Erfolg erzählt. Doch sie traf ihn niemals wieder. Und als sie eines Abends mit Paul in ihrer Suite saß, um noch ein wenig Musik zu hören, fiel ihr Blick auf eine alte Schallplatte, die Paul mitgebracht hatte. Das liebevolle Gesicht auf dem Plattencover erkannte sie sofort: es war der alte Mann, der sie kürzlich besuchte. Es war das Gesicht des legendären, 1974 verstorbenen Duke Ellington …

## Die Pendeluhr

Zunächst hatte ich es nicht bemerkt. Doch dann sah ich es genau. An der Wand hing eine andere Uhr. Es war eine uralte schwarze Pendeluhr. Noch nie hatte ich sie in Tante Salmas Wohnung gesehen. An dieser Stelle hing sonst eine moderne Funkuhr. Hatte sie die Uhr vielleicht ausgewechselt? Dass Tante Salma innerhalb der folgenden Stunden starb, ahnte ich nicht einmal. Sie bekam einen Schlaganfall und fiel einfach um. Ich hatte ihr etwas aus dem Supermarkt mitgebracht, weil es ihr schon seit Tagen sehr schlecht ging. Als ich zurückkehrte, fand ich sie am Boden liegend vor. Sofort rief ich den Notarzt, aber es war bereits zu spät. Und das Merkwürdigste an der Sache war, dass die Pendeluhr nach ihrem Tode nicht mehr an der Wand hing. Nur die moderne Funkuhr zeigte die exakte Zeit an. Ich konnte mir das nicht erklären. Hatte die Uhr jemand umgetauscht? Aber wer sollte das gewesen sein? Außer mir war doch keiner mehr da. Und die Männer des Bestattungsunternehmens hatten wohl wenig Interesse an dieser Uhr. Nachdem Tante Salma beerdigt war, vergaß ich den Verfall mit der Uhr und fuhr zu Bill, einem Freund, nach Bristol. Seine Frau machte ein trübes Gesicht. Als ich sie nach ihrer Traurigkeit fragte, winkte sie nur ab und fing an zu weinen. Bill ging es nicht gut. Seit langer Zeit litt er an seltsamen Atembeschwerden. Und dann passierte etwas Merkwürdiges. In Bills Krankenzimmer entdeckte ich wieder diese seltsame schwarze Pendeluhr. Sie hing an der Wand und tickte sehr laut. Dieses laute Ticken jagte mir irgendwie Angst ein. Ich erinnerte mich an Tante Salma. Sollte auch Bill. Ich wagte nicht, weiter zu denken, schob meine Vermutungen weit von mir. Doch noch am Abend ging es Bill so schlecht, dass er schließlich starb. Gleichzeitig verschwand auch die schwarze Pendeluhr. Ich konnte es nicht fassen. Was ging hier nur vor? Eine grausige Ahnung kroch in mir hoch. Irgendetwas musste diese Pendeluhr mit dem Tod zu tun haben. Ich wusste es genau. Irgendwann schob ich das Erlebte beiseite, glaubte, dass Bill möglicherweise schon so schwer erkrankt war, dass er sterben musste. Dennoch ging mir diese seltsame Uhr nicht mehr aus dem Sinn. Obwohl ich mich zwang, nicht mehr an sie zu denken, plagten mich seit diesen Furchtbaren Erlebnissen schaurige Träume. Immer wieder sah ich Tante Salma und Bill. Und immer wieder sah ich diese schwarze Pendeluhr. Ich hörte sie laut ticken und erwachte dann schweißgebadet aus meinen Alpträumen. Bill sollte in einem alten Friedhof auf dem Lande beerdigt werden. Auch ich war zur Trauerfeier eingeladen. Es war eine lange Fahrt, bis wir endlich am Friedhof ankamen. Warum Bill ausgerechnet hier beerdigt werden wollte, wusste selbst seine Frau nicht. Vermutlich fand er die Gegend so malerisch und ruhig. In der Friedhofskapelle sah es trostlos aus. Nur drei Trauergäste waren erschienen. Sie saßen schweigend und in schwarze Gewänder gekleidet auf ihren Holzstühlen und zeigten keinerlei Regung. Ein merkwürdiger Geruch zog durch die kleine Halle. Es war der kalte Hauch des Todes, der hier herrschte, ich spürte es genau. Der Pfarrer kam und sprach einige Worte. Doch sein Gesicht flößte mir Furcht ein, denn es war fahl und knochig. Nicht ein einziges Mal lächelte er. Seine ganze Erscheinung strahlte Kälte und Unnahbarkeit aus. Aus der Ferne vernahm ich eine Stimme, sie sang immerzu ein seltsames Lied. Ich konnte mir das alles nicht erklären. Plötzlich riss der Wind das Fenster der Kapelle auf und ich konnte nun deutlich hören, was die Stimme sang: „Die Stunde schlägt jedem, auch Dir. Geh schnell fort, sonst kommt sie auch zu

Dir." Ich kann gar nicht mehr sagen, wie schlecht es mir in diesem Moment wurde. Der merkwürdige Pfarrer starrte zu mir und an der Wand sah ich etwas, dass mir einen derartigen Schreck einjagte, dass ich aufstand und davon rannte, die alte schwarze Pendeluhr. Als ich den Friedhof hinter mir gelassen hatte, blieb ich stehen. So einfach wollte ich mich nicht verjagen lassen. Schließlich war ich noch am Leben und fühlte mich auch wieder recht gut. Mutig lief ich zurück und betrat die Kapelle. Noch immer hing die Pendeluhr an der Wand. Ich zögerte, doch dann schritt ich entschlossen auf die Uhr zu und griff nach ihr. Mit einem kräftigen Ruck riss ich sie von der Wand. Dann nahm ich sie unter den Arm und rannte davon. Der Pfarrer, der das verfolge, rief mir nach, ich sollte mich nicht versündigen. Doch das war mir egal. Ich konnte nicht mehr länger mit ansehen, wie diese Uhr unschuldige Menschen umbrachte. Ich rannte bis zu einem Fluss. Ohne lange zu überlegen, warf ich die Uhr mit Schwung dort hinein. Schnell versank sie und ich fühlte mich irgendwie befreit. Endlich hatte ich dieses todbringende Etwas vernichtet. Ich lief zum Friedhof zurück, wollte wieder in die Kapelle gehen, um weiterhin an der

Trauerfeier teilzunehmen. Doch es war ganz merkwürdig, aber als ich am Friedhof ankam, fiel mir sofort die eingestürzte Friedhofsmauer auf. Wie konnte das möglich sein? Sollte in der Zwischenzeit ein Unglück geschehen sein? Auch der Friedhof selbst machte einen bedrückenden Eindruck. Die Grabsteine waren umgestürzt und die Wege waren mit Unkraut und Gras zugewachsen. Als ich an der Kapelle stand, glaubte ich, eine Halluzination zu haben. Das Dach des Gebäudes war eingestürzt und in der Kapelle sah es aus, als hätte dort ein Tornado gewütet. Von den Trauergästen jedoch fehlte jede Spur. Ich konnte es nicht fassen. Wo war der Pfarrer, wo all die Leute? Nachdenklich verließ ich das Gelände wieder. Sollte ich zur Polizei gehen? Auf dem Weg vorm Friedhof traf ich eine alte Frau. Ich erzählte ihr von meinen Erlebnissen. Die Alte schaute mich mit ernster Miene an und sagte, dass der Friedhof seit hundert Jahren schon nicht mehr genutzt würde. Die Gräber seien verwüstet, weil die Angehörigen schon lange nicht mehr kämen. Vermutlich seien sie selbst längst gestorben. Man erzählte sich, so sprach die alte Frau, der Friedhof sei von einem Fluch verwüstet worden. Und dieser Fluch wurde von einem alten Pfarrer ausgesprochen. Er besaß eine alte Uhr, die immer dann schlug, wenn jemand starb. Als ich der Alten von Bill und seiner Frau berichtete, nickte sie mit dem Kopf und sagte dann leise: „Ja, die beiden kenne ich noch. Sie waren damals oft hier. Sie haben dem Pfarrer auch diese Uhr gebracht. Als sie an jenem denkwürdigen Tage wieder von hier abfuhren, starben sie bei einem schweren Autounfall. Die Uhr bewahrte der Pfarrer lange in der Kapelle auf. Es war eine alte schwarze Pendeluhr."

**Das Engelsbuch**

23. Mai 2002

Ted hatte Geburtstag. Er wurde dreiunddreißig Jahre alt. Es kamen viele Gäste und er freute sich über die vielen Geschenke. Er hatte wirklich unzählige Freunde und weil er in seinem Job als Bankmanager sehr viel Geld verdiente, wurde sein Freundeskreis größer und größer. Gegen Abend gingen die Gäste wieder und Ted wollte sich todmüde ins Bett legen. Doch plötzlich klingelte es. Wer konnte das noch sein? Sicher hatte nur jemand der Gäste irgendetwas vergessen. Doch so war es nicht, vor der Tür stand ein alter Mann. Er lächelte und sagte schließlich leise: „Herzlichen Glückwunsch zum Geburtstag. Auch ich will Dir etwas schenken. Hier, das ist für Dich. Viel Glück damit." Mit diesen Worten drückte er Ted ein kleines Päckchen in die Hand. Ted wusste nicht, wie ihm geschah, denn er kannte den Alten ja nicht und wunderte sich sehr über das Geschenk. Er packte es aus und hielt ein Buch über Engel und Elfen in den Händen. Weil er schon zu müde war und sich eigentlich auch gar nicht für solcherlei Dinge interessierte, legte er es achtlos in sein Bücherregal und dachte nicht mehr daran. In den folgenden Tagen schien sich sein bisher so erfolgreiches Leben abrupt zu ändern. Die Kunden wollten nicht mehr mit ihm verhandeln und eines Tages offerierte ihm sein Chef, dass er sich für einen neuen Mitarbeiter in der Bank entschieden hatte. Ted wurde fristlos entlassen. Doch das war noch lange nicht alles. Immer öfter brach das Unglück über ihn herein. Er verlor seine gesamten Ersparnisse und seine vermeintlichen Freunde. Irgendwann stand sogar seine teure Luxuswohnung auf der Kippe. Er konnte sich die hohe Miete nicht mehr leisten und wurde von seinem Vermieter auf die Straße gesetzt. Ted konnte es nicht fassen. Nun hatte er alles verloren. Mit einem einzigen kleinen Pappkarton, in welchem sich seine restliche Habe befand, zog er unter eine Brücke. Dort versuchte er es sich bequem zu machen. Aber er blieb nicht lange allein. Andere Obdachlose hatten ihn längst bemerkt und versuchten, ihn von seinem Platz zu vertreiben. Sie wollten die Unterkunft unter der Brücke mit niemandem teilen. Unter den wenigen Habseligkeiten, die Ted noch geblieben waren, befand sich auch das seltsame Engelsbuch des alten Mannes. Er holte es heraus und blätterte darin. Da entdeckte er ein Lesezeichen, welches zwischen den Seiten klemmte. Ted las die Seiten, wo es steckte. Er erschrak, denn auf den Seiten wurde vom Schicksal eines jungen Mannes geschrieben, der ab seinem dreiunddreißigsten Geburtstag nur noch Unglück und Pech hatte. Jedes einzelne Detail glich haargenau den Erlebnissen, die er in den vergangenen Monaten durchgemacht hatte. Das konnte doch gar nicht sein. Er wusste nicht, was das zu bedeuten hatte. Außer sich vor Empörung und vor Wut nahm er das Buch, zerriss es und warf die Papierschnitzel in den Fluss unter der Brücke. Dann nahm er seine Sachen und zog weiter. Doch es wurde immer schlimmer. Er wurde krank und hätte eigentlich ins Krankenhaus gemusst. Doch zu allem Unglück besaß er auch keine Krankenversicherung. In einem Wald, hinter dichtem Buschwerk versteckte er sich und glaubte bereits, sterben zu müssen. Da geschah etwas Seltsames. Eines Abends stand der alte Mann vor ihm, der ihm einst das Engelsbuch geschenkt hatte. Er schaute Ted besorgt an und meinte dann, dass er das Buch hätte weiter lesen sollen. Und er meinte, dass noch nicht alles zu spät sei. Ted sollte nur noch einmal in seinen Pappkarton schauen. Der Alte verschwand und Ted glaubte zunächst nicht an dessen Worte.

Doch dann entschied er sich doch, in seinen Karton zu sehen. Mit letzter Kraft kramte er in seinem Karton herum und fand eine zerrissene Seite aus dem Engelsbuch. Offenbar hatte er damals nicht alle Papierschnitzel in den Fluss geworfen oder eines war in seinen Karton zurück geflogen. Er holte es heraus und las was da geschrieben stand. Völlig verdutzt las er, dass ihm großes Glück beschieden sei, wenn er das Buch drei Jahre lang in seinem Besitz hätte. Es endete damit, dass er fortan glücklich und gesund leben könnte. Ted nahm den Papierschnitzel und steckte ihn in seine Hosentasche. Und welch Wunder, schon in der Nacht spürte er, wie ganz neue Kräfte in seinen kranken Körper zogen. Von Stunde zu Stunde fühlte er sich besser. Am nächsten Morgen fühlte er sich schließlich so gut, wie seit Jahren nicht mehr. Und er wusste gar nicht, wohin er zuerst gehen sollte. Er nahm seinen Pappkarton unter den Arm und lief durch die Straßen. Da entdeckte er ein Lotterielos auf dem Bürgersteig vor sich. Es flatterte im Wind immer mit ihm mit. Ted hob es auf und betrachtete es. Es war sogar noch gültig. Und da keiner zu sehen war, dem es gehören könnte, nahm er es einfach mit. Vor einem Fernsehladen, in dem den ganzen Tag ein TV- Gerät lief, verfolgte

Ted die abendliche Lottoziehung. Und wieder hatte er Glück und das Los gewann. Ted war mit einem Schlag wieder reich. Er konnte sich ein kleines Haus leisten und lebte zufrieden und glücklich. Und als er auf den Kalender schaute, welchen er in seiner prall gefüllten Geldbörse trug, wunderte er sich. Es war der 23. Mai 2005, drei Jahre nachdem er das Engelsbuch von dem Alten geschenkt bekam ...

**Die Grenze**

s war ein kühler hässlicher Herbstabend. Es regnete in Strömen und ich wollte eine Abkürzung nehmen, um zurück in die Stadt zu fahren. Doch ich verfuhr mich und landete auf einem seichten Feldweg. Weil ich nicht wenden konnte, musste ich einfach weiterfahren. Zum Anhalten erschien mir die Gegend zu unwirklich. Es dämmerte und ich schaltete die Scheinwerfer meines Wagens ein. Wie Laserstrahlen bohrten sich die Scheinwerferkegel in den Nebel und verloren sich auf den Steinen des Weges. Plötzlich bewegte sich irgendetwas vor meinem Fahrzeug. Ich trat auf die Bremse, doch der Wagen rutschte auf dem Morast weiter nach vorn. Als er endlich stehenblieb, schaltete ich das Fernlicht ein. Auf dem Weg, mitten im Morast lag eine Person. Ich wollte aussteigen, doch in diesem Moment schossen mir Schauergeschichten von Überfällen mitten auf der Landstraße durch den Sinn. Wieder und wieder starrte ich auf die Person. Regungslos lag sie da und ich konnte beim besten Willen keine bösartigen Helfershelfer entdecken. Vorsichtig öffnete ich die Wagentür und setzte einen Fuß hinaus. Augenblicklich versank er im Morast. „Auch das noch!",

schimpfte ich vor mich hin. Schließlich stieg ich doch aus und lief zu der Person - es war ein Mann um die Vierzig! Er war mit einem schwarzen Dress bekleidet und trug ein pulsierendes kleines Gerät an seinem Handgelenk. Ich rüttelte ihn an der Schulter und schaute mich dabei skeptisch nach allen Seiten um. Was, wenn doch jemand aus den Büschen hervorsprang? Doch es kam keiner. Der Fremde atmete noch und obwohl meine gesamte Kleidung bereits schmutzig war, versuchte ich, den Mann aufzurichten. Langsam schienen die Lebensgeister in ihn zurück zu kehren. Er bewegte sich und öffnete die Augen. Irritiert starrte er mich an. „Wo bin ich! Wo ist Amanda?", murmelte er vor sich hin. Ich half ihm auf und stützte ihn, während wir zum Wagen liefen. „Na Gott sei Dank, Sie leben.", rief ich erleichtert. „Dachte schon, Sie hätten sich absichtlich hierhin gelegt." Der Fremde schien vollkommen verwirrt zu sein. Doch ich konnte keinerlei Verletzung an ihm entdecken. Ich fragte ihn, ob ihm etwas wehtäte oder es ihm nicht gut ginge. Doch er schüttelte nur seinen Kopf und sprach andauernd von dieser ominösen Amanda. Als er meinen Wagen sah, lachte er plötzlich laut. Ich konnte mir diesen plötzlichen Gefühlsausbruch nicht erklären und fragte ihn, warum er so lachte. Er meinte, dass ich ihm kein Theater vorspielen bräuchte, nur weil Amanda nicht käme. Ich verstand beim besten Willen nicht, was mit ihm los war, schob sein merkwürdiges Verhalten auf einen Schock. Eigentlich wollte ich erst einmal eine Decke auf den Autositz legen, doch ich hatte keine Hand frei. So blieb mir nichts weiter übrig, als ihn umständlich und so schmutzig wie er war, auf meinen sauberen Autositz zu verfrachten. Als er endlich im Wagen saß, versuchte ich, den Schmutz von meiner Kleidung zu putzen und setzte mich ebenfalls in den Wagen. Unterdessen erholte sich der Fremde mehr und mehr. Als er sich aufrappelte und aus der Windschutzscheibe schaute, lachte er erneut und fragte dann: „Sagen Sie mal, aus welchem Jahrhundert ist denn dieses Vehikel?" Ich verzog mürrisch mein Gesicht. Eigentlich hatte ich ja mit einem freundlichen „Dankeschön" gerechnet, aber mit solch einer Frage? „Es tut mir leid, wenn ich Ihnen keine Luxuskarosse bieten kann, junger Mann!", entgegnete ich unwirsch. Dann startete ich den Wagen und fuhr weiter durch den schmierigen Morast. Nach einer endlos scheinenden Irrfahrt über den Feldweg erreichten wir endlich die Straße. Der Fremde schaute interessiert auf die leuchtenden Instrumente des Fahrzeuges. Es sah bald so aus, als habe er noch nie in einem Auto gesessen. „Das ist schon interessant.", meinte er dann, „Warum fahren Sie denn noch solch ein uraltes Ding? Lieben Sie Antiquitäten? Sie dürfen sich nicht erwischen lassen. Denn Sie wissen doch, dass auf das öffentliche Fahren von antiquierten Fahrzeugen eine Strafe steht." Mir reichte es so langsam mit diesem albernen Kerl. Was bildete er sich überhaupt ein? Ich wollte ihm gerade anbieten auszusteigen, da bemerkte ich seinen ernsten Blick. Ich hielt den Wagen an und fragte ihn, wie er zu dieser Aussage käme. Der Fremde starrte mich an und antwortete mit einer Gegenfrage: „Sag mal, ist das etwa alles echt hier?" Ich nickte ungläubig. „Welches Jahr haben wir denn?", fragte er noch. „Natürlich 2007!", bemerkte ich kopfschüttelnd. Der Fremde erschrak, tat so, als hätte ich etwas Furchtbares zu ihm gesagt. Dann meinte er nur, dass ich nicht scherzen sollte. Als er bemerkte, dass ich es ernst meinte, sagte er mit zittriger Stimme, dass er im Jahre 2159 lebte. Ich konnte es nicht glauben und brauchte erst einmal Luft. Ich riss die Autotür auf und atmete tief ein. Dem Fremden schien es ebenso zu gehen. Er stieg aus und lehnte sich ans Fahrzeug. „Ich wollte zu Amanda", sagte er dann, „Amanda ist meine Freundin. Wir waren vor Schleuse 44 verabredet. Doch sie kam nicht. Vermutlich hat sie einen anderen." Ich erkundigte mich neugierig, was Schleuse 44 sei. Der Fremde sagte, dass es überall Schleusen gäbe. Durch diese Schleusen gelangte man mit so genannten Mobiltransportern zu jedem gewünschten Ziel auf der Erde und auf jedem Planeten des Sonnensystems. Ich hielt mir die Hand auf die Stirn, hatte so etwas wahrlich noch nie gehört. Natürlich wollte ich noch eine Menge mehr von ihm wissen. Auch, welche Transportmittel man sonst noch benutzte. Der Fremde lachte und sagte laut: „Na so was wie Sie hier fahren jedenfalls nicht!" Er erklärte mir, dass jeder solch einen Mobiltransporter besäße. Das seien kleine Kabinen, die aus einem bestimmten Kunststoff bestünden und das Schwerefeld der Erde überwinden konnten. Alle Mobiltransporter glitten lautlos und in rasender Geschwindigkeit durch die Luft und konnten in Minutenschnelle jeden Punkt auf der Erde erreichen. Bei diesen Worten drückte er auf dem Gerät herum, welches an seinem Handgelenk befestigt war. Augenblicklich erschien ein riesiges Hologramm. In seinem Inneren drehte sich eine große Stadt. Irgendwie kam sie mir bekannt vor. Es war meine Stadt, vermutlich im Jahre 2159! Über der Stadt erschienen die Worte: Verbindung nicht möglich. Offenbar konnte der Fremde nicht mit dieser Stadt in Verbindung treten. Mir fiel ein, dass ich mich noch gar nicht bei dem Fremden vorgestellt hatte. „Übrigens mein Name ist Tom.", rief ich laut. Der Fremde schaute mich an und entgegnete dann, dass er Moor hieße. Ich fand diesen Namen irgendwie seltsam, wie alles, was er mir erzählte. Doch ich zeigte es ihm nicht. Lange unterhielten wir uns und Moor berichtete mir von großen Zielen, die sich die Menschheit in der Zukunft gestellt hätte. Und er erzählte mir von Amanda, einer wunderschönen jungen Frau, die er so sehr liebte. Er hatte sie in einem Institut auf dem Jupitermond IO kennengelernt. Zusammen wollten sie in die Ferien in die Marsstadt URVUS reisen, um endlich einmal richtig auszuspannen und sich dutzende Video-Hologramme anzuschauen. Da passierte der Unfall. An Schleuse 44, wo sie sich treffen wollten, gab es eine Überspannung im Raum-Zeit-Gefüge. Moor wurde ohnmächtig und ich fand ihn schließlich auf dem Feldweg. Ich erzählte ihm auch von meinem Leben, von meinen Schwierigkeiten und Problemen in der Firma und das ich mich mit Ella, meiner Frau so langsam auseinanderlebte. Und irgendwie schien es, als ob im Jahre 2159 die Probleme nicht viel anders sein würden. Sie fanden nur in anderen Zeiten statt. Aber sonst. Moor meinte, dass man immer wissen müsste, was man wollte. Auch in der Zukunft, in seiner Welt, wäre das nicht anders. Und gerade da, in dieser so vielschichtigen Welt musste man aufpassen, dass man sich nicht verzettelte. Denn man war auch dort für sich selbst verantwortlich. Moor hatte auch kein Erfolgsrezept für meinen Ärger. Aber er gab mir einen guten Rat: „Wenn Du nicht mehr weiter weißt, fahr hinaus und schau in die Sterne. Dann wirst Du wissen, was richtig ist." Ich bewunderte ihn, seine Zielstrebigkeit und seine Sicherheit. Er war so unbekümmert und musste sich doch in so vielen Welten zurechtfinden. Gern wäre auch ich so, in meiner *einen* Welt. Vielleicht war alles gar nicht so schwer. Das Leben, das Zusammenleben mit Ella. Vielleicht sollten wir uns alle etwas mehr Zeit zum Leben nehmen? Ich hätte sehr gern weiter mit Moor gesprochen, als es plötzlich einen lauten Knall gab. Es war beinahe so, als würde ein Düsenjäger durch die Wolken jagen. Moor schaute plötzlich auf und zeigte dann zum Feld hinüber. „Da, siehst Du!", rief er laut. Ich schaute ebenfalls zum Feld und sah, wie sich eine hell aufblitzende grüne Linie übers Feld zog. Was war das? Moor nahm mir die Frage ab und sagte: „Das ist Schleuse 44. Die Grenze zu meiner Welt. Ich muss los. Denn ich glaube, dass ich bereits gesucht wurde von unseren Leuten. Vielleicht sogar von Amanda. Sicher wird diese Grenze nicht lange existent bleiben. Also dann, leb wohl Tom. Und alles Gute. Und denk immer dran, immer wissen, was man will!" Als er das sagte, zwinkerte er mir aufmunternd zu. Ich schaute ihn an. Er lächelte und schien zu wissen, dass wir uns wohl nie wieder sehen würden. Wir liefen zu der grünen Linie aufs Feld. Ich blieb in sicherer Entfernung von der Linie stehen. Moor jedoch schritt langsam auf den seltsamen Streifen im Feld zu. Ich hatte Tränen in den Augen, war mir die Bekanntschaft mit ihm doch so angenehm. Die Bekanntschaft mit einem Mann aus einer anderen Zeit. Ein letztes Mal drehte er sich zu mir um und winkte kurz. Dann schritt er über die Linie und verschwand. Noch sehr lange starrte ich auf das weite Feld. Aber weder die Linie noch Moor waren zu sehen. Es war, als sei er niemals hier gewesen. Aber ich wusste nun, dass es ihn gab. Und ich wusste, dass es eine Zukunft für uns alle gab. Ich erkannte aber auch, dass es an uns liegt, diese Zukunft zu erreichen. Es liegt an uns allen, friedlich miteinander umzugehen. Nur so werden wir diese Zukunft erreichen. Moor war das beste Beispiel für mich. Mir wurde kalt und ich hatte das dringende Bedürfnis, nach Hause zu fahren, um endlich ins Bett zu gehen. Ella schlief sicher schon lange, oder? Ich kramte in meiner Hosentasche nach dem Handy. Doch ich fand es nicht. Vermutlich hatte ich es in der Firma liegen lassen. Trotzdem nahm ich mir vor, am nächsten Morgen noch einmal mit Ella über alles zu reden. Nachdenklich stieg ich in meinen Wagen und wollte losfahren. Da entdeckte ich auf dem Sitz neben mir das merkwürdige Gerät, welches Moor an seinem Handgelenk hatte. Ich nahm es an mich und schaute lächelnd zum Himmel. Vielleicht hatte er es absichtlich zurück gelassen. Ich wusste es nicht. Ich bewahrte es zu Hause auf und immer, wenn ich nicht mehr weiter wusste, holte ich es und versuchte, eine Verbindung herzustellen, eine Verbindung in eine andere Welt. Und dabei glaubte ich jedes Mal Moors Stimme zu hören, der zu mir sagte: „Du musst immer wissen, was Du willst!"

**Motel**

Ich hatte gehört, dass man in Helly's Motel sehr gut übernachten konnte. Deswegen steuerte ich bei meiner letzten Recherche-Fahrt quer durch Arizona genau dieses Motel an. Allerdings ahnte ich damals noch nicht, welche furchtbaren Erlebnisse mir bevorstanden. Seit einigen Kilometern klatschte der Regen gnadenlos gegen meine Fahrzeugscheiben. Ich wusste wirklich nicht, ob ich weiterfahren sollte. Aber ich hielt eisern durch. Als auch noch ein heftiges Gewitter aufzog, hielt ich doch an. Ich stand ganz allein auf dem kleinen Rastplatz. Da sah ich eine Person in Lederbekleidung, die aus einem angrenzenden Wäldchen sprang. Sie hatte es sehr eilig und warf irgendetwas in den Papierkorb. Als sie verschwunden war, hatte ich so ein komisches Gefühl. Ich konnte es mir einfach nicht erklären, aber ich verspürte plötzlich den Drang, aus dem Wagen zu steigen und nachzuschauen. Vorsichtig öffnete ich die Wagentür und schaute, ob jemand in der Nähe war. Blitze erhellten die Umgebung und tauchten das Gelände in ein gespenstisches Licht. Da ich niemanden sehen konnte, lief ich schnellen Schrittes bis zum Papierkorb. Zunächst konnte ich nichts

Verdächtiges entdecken. Eine prall gefüllte Plastiktüte lag darin. Ich ritzte sie auf, um nachzuschauen, da fuhr ich entsetzt zurück. Aus dem Schlitz ragte eine blutige Hand und schien nach mir zu greifen. So schnell ich konnte rannte ich zu meinem Wagen und fuhr mit quietschenden Reifen auf den Highway zurück. Irgendwann gegen Mitternacht erreichte ich Helly's Motel. Ich schien der einzige Gast zu sein, denn der kleine Parkplatz hinterm Haus war leer. Auch im Inneren des Gebäudes traf ich niemanden. Nur Helly, die Inhaberin des Rasthauses stand an der Rezeption und begrüßte mich freundlich. Sie gab mir den Zimmerschlüssel und wünschte mir einen angenehmen Aufenthalt. Da der Akku meines Handys leer war, konnte ich erst dort die Polizei anrufen. Die kamen sehr schnell und gefragten mich zu meinem grausigen Fund. Sofort beorderten sie eine Streife zu dem Rastplatz. Nach einigen Minuten berichteten sie mir, dass es sich bei dem furchtbaren Fund um eine abgetrennte Hand einer weiblichen Leiche handelte. Die Tote sei noch nicht gefunden. Mir wurde schwindelig, denn der Mörder war also noch auf der Flucht. Möglicherweise hatte er mein Fahrzeug gesehen und verfolgte nun auch mich? Ich teilte den Beamten meine Beobachtungen, die ich auf dem Rastplatte machte, mit. Die versprachen, den Täter schnellstens zu suchen. Doch mir war nicht wohl bei dem Gedanken, hier draußen in der Einsamkeit, in einem winzigen Motel einem herumlaufenden Mörder ausgeliefert zu sein. Helly, die Inhaberin des Motels, versuchte, mich zu beruhigen. Sie meinte, dass man den Täter schon finden würde. Doch sie fragte mich auch, ob ich mir wirklich ganz sicher wäre, eine Person auf dem verlassenen Rastplatz gesehen zu haben. Ich versicherte ihr, dass es genauso war. Sie warf mir einen merkwürdigen Blick zu und zog sich zurück. Als ich später in meinem Zimmer war, hatte ich einen guten Blick zum Parkplatz hinterm Haus. Wegen des starken Regens konnte ich zwar kaum etwas erkennen. Doch plötzlich erschien eine Person auf dem Parkplatz. Wie ein Blitz fuhr es durch meinen Körper! Da unten stand die in Leder gekleidete Person, die ich auf dem Restplatz gesehen hatte. Sie starrte in Richtung meines Fensters. Sofort löschte ich das Licht und verbarg mich hinter der Wand neben dem Fenster. Der Fremde hatte mich also gefunden. Ich spürte, wie die Angst in mir hoch kroch. Was sollte ich nur tun? Verwirrt schaute ich zu meinem Handy, doch das war noch immer nicht geladen.

Immer wieder schaute ich hinunter auf den Parkplatz. Der Fremde stand nun vor meinem Wagen, doch plötzlich geschah etwas Merkwürdiges. Der Fremde schien sich zu verwandeln, er fiel auf die Knie und sein ganzer Körper schien zu vibrieren. Immer heftiger zuckte sein Leib und plötzlich wuchs er zu einem merkwürdigen Wesen heran, zu einem furchterregenden Monster! Es stand auf dem Parkplatz und hatte feuerrote Augen. Die stachen unter seinem schwarzen Fell hervor und stierten immerzu in meine Richtung. Ich konnte es nicht fassen und schaute zur Uhr, es war halb Eins. Das Monster begann zu laut aufzuheulen und schritt auf den Hintereingang zu. Nun konnte es nicht mehr lange dauern, bis es zu mir käme. Ich nahm mein halb geladenes Handy vom Netz und steckte meine Brieftasche ein. Dann verließ ich schnellstens das Zimmer. Aber wohin sollte ich gehen? Am Ende des Ganges entdeckte ich eine Tür. Ich lief dorthin und klinkte mehrmals - die Tür ließ sich öffnen. Dahinter verbarg sich eine Abstellkammer. Durch einen kleinen Spalt in der Tür konnte ich den Gang gut beobachten. Es dauerte nicht lange, da erschien das Monster. Es stand vor meinem Zimmer und schaute sich gierig und mordlüstern um. Dann fletschte es seine spitzen scharfen Zahnreihen und stieß die Zimmertür auf. Ich war heilfroh, dass ich zeitig genug das Zimmer verlassen hatte. Nachdem das Monster im Zimmer verschwunden war, wollte ich schnellstens aus der Abstellkammer fliehen und zum Auto rennen. Doch ich kam nicht dazu. Ein lautes Gebrüll in meinem Zimmer, ließ mich noch abwarten. Als es wieder still wurde, glaubte ich, meinen Augen nicht zu trauen. Aus meinem Zimmer kam nicht das zähnefletschende Monster, aus dem Zimmer kam Helly, die Chefin des Motels. Vollkommen verblüfft stand ich hinter der Tür und wagte kaum zu atmen. Wie konnte so etwas möglich sein? Helly, die Chefin des Motels war in Wirklichkeit ein Monster? Fassungslos starrte ich auf den Gang. Helly war verschwunden. Ich wartete noch einen kleinen Moment ab, doch die Luft schien rein zu sein. Auf leisen Sohlen verließ ich mein Versteck und schlich in mein Zimmer zurück. Dort sah es aus, als sei eine Bombe eingeschlagen. Überall lagen zerbrochene Gegenstände, die Lampe war vom Tisch gefallen und zersprungen und meine Kleidung lag überall im Zimmer verstreut. Ich suchte alles, was mir gehörte zusammen und verstaute es in Windeseile in meiner Reisetasche.

Dann verließ ich das Zimmer. Glücklicherweise befand sich niemand auf dem Gang. Helly musste wohl wieder an der Rezeption sein. Ich lief die hölzernen Stufen hinunter und wusste nicht, wie ich an der Rezeption vorbei kommen sollte. Da kehrten die Beamten zurück. Ich atmete tief ein und schritt mutig auf die Beamten zu. Doch plötzlich verwandelten sich auch die vor meinen Augen in blutrünstige Monster. Hinter der Rezeption stand Helly und fletschte ihre Zähne. Blut lief ihr aus dem Munde und ich zitterte vor Angst. Offenbar machten hier alle gemeinsame Sache. Und selbst die Polizeibeamten waren in Wahrheit blutrünstige Monster. Ich schaffte es, die Überraschung der Monster auszunutzen und rannte zwischen ihnen hindurch bis zu meinem Wagen. Ich sprang hinein und wollte starten. Doch der Motor schien defekt zu sein. Irgendetwas funktionierte nicht. Auch das heftige Gewitter, welches vorhin schon fortgezogen schien, war wohl zurückgekommen und die hellen Blitze zuckten um meinen Wagen herum. In der Tür des Motels erschienen die Monster und liefen auf meinen Wagen zu. Entsetzt und den Tod vor Augen startete ich den Motor wieder und wieder. Und plötzlich sprang er an. Als die Monster bereits in

Griffweite zu stehen schienen, gab ich Gas und raste davon. Meine Hände hatten sich um das Lenkrad gekrampft und ich raste in die schwarze Gewitternacht hinein. Irgendwo an einem dunklen Wald hielt ich den Wagen an. Mich schien niemand zu verfolgen. Doch geheuer war mir die Sache nicht. Aus dem Wald glaubte ich, rote Lichtpunkte zu erkennen. Ich gab Gas und raste weiter die endlose Landstraße entlang. Stunden musste ich gefahren sein, als ich endlich einen kleinen Ort erreichte. Ich fuhr an einem Umleitungsschild vorbei und sah erleichtert mehrere Fahrzeuge, die durch die kleine Stadt fuhren. Mehrere Beamte standen an der Straße und sprachen mit Passanten. Ich hielt den Wagen an und stieg aus. Als ich einen der Beamten fragte, warum die Straße gesperrt sei, die ich eben noch entlang fuhr, schaute der mich besorgt an. Dann fragte er mich, ob es mir gut ginge und sagte dann: „Da haben Sie aber Glück. In der Nacht wurde die Straße von einem Meteoriten getroffen. Sie wurde total zerstört und musste gesperrt werden.". Ich starrte den Beamten entgeistert an und erkundigte mich nach Helly´s Motel. Doch der Beamte wusste nicht, was ich meinte, sagte nur: „Ein Motel gibt es dort nicht. Helly´s Motel ist in einer ganz anderen Richtung, noch fünfzehn Meilen weiter nach Süden." Nun begriff ich gar nichts mehr. Ich war mir jedoch ganz sicher, den Namen des Motels an dem Gebäude, in welchem ich übernachtete, gelesen zu haben. Ich konnte es mir einfach nicht erklären. Aber ich wollte es genau wissen. Am nächsten Tag wollte ich noch einmal die gesperrte Straße entlang fahren, um nach dem Motel zu suchen. Gedacht, getan! Es gelang mir, die Polizeiabsperrungen zu umfahren und fuhr stundenlang auf der Straße entlang, auf welcher ich in der letzten Nacht vor den Monstern geflohen war. Irgendwann ging es aber dann doch nicht mehr weiter. Riesige Schilder versperrten mir den Weg. Außerdem klafften überall auf der Straße hinter den Schildern tiefe Krater. Ein Weiterfahren war vollkommen unmöglich. In der Ferne entdeckte ich ein Haus. Es ähnelte verblüffend Helly´s Motel. Doch es war nur eine verfallene Ruine. Ich näherte mich der Ruine und erschrak! An einem verbrannten zerbrochenen Pfosten baumelte ein altes Holzschild. Darauf stand beinahe schon unleserlich geschrieben: Helly´s Bar. An einem weiteren zersplitterten Schild neben dem vermutlichen Eingang stand noch etwas: Geschlossen ab 01.01.1866, und aus dem Wald hinter der Ruine glaubte ich, zwei feuerrote Lichtpunkte zu sehen …

## Sandoval

Sie war nicht etwa das, was man sich unter einer jungen Frau so vorstellte. Sie griff hart durch, wirkte wie fünfzig und hatte graue Haare. Warum auch immer sie sich so würdig zeigte, sie war und blieb die neue Kommissarin im 28. Revier in Brooklyn. Lt. Sandoval leitete sogar die Drogenabteilung, und sie war überaus erfolgreich. Da erschreckte es die Kollegen, dass sie manchmal überaus hart durchgriff. Einige munkelten schon, Sandoval würde die Geständnisse aus den Delinquenten herausprügeln. Das wusste nur keiner und es blieb ein Gerücht. Doch sie hatte tatsächlich auch eine weiche Seite – sie schwärmte für die Sterne im Universum, glaubte inständig an außerirdisches Leben und war überzeugt, dass im Sternbild WEGA vernunftbegabte Wesen lebten. Nun, dies wurde sicherlich nie bekannt, aber manchmal beobachtete man Sandoval, wie sie auf dem Dach des Polizeireviers stand und mit einem Fernrohr, welches sie sich extra für diese Zwecke gekauft hatte, stundenlang in die Sterne blickte. Manchmal sprach sie sogar mit sich selbst und es schien, als wenn sie selbst mit den vermeintlichen Außerirdischen in Kontakt stand.

Eines Tages war sie mal wieder auf Drogensuche. Sie hatte sich in einer schmalen Seitenstraße in ihrem unauffälligen Wagen postiert und wartete. Sie wartete geduldig und stundenlang, doch diesmal schien das Glück nicht auf ihrer Seite zu sein. Die Dealer nutzten den Hintereingang, der auch noch in eine U-Bahn-Station mündete. Sandoval schlich sich schließlich in das Haus. Die heruntergekommene Spelunke war eigentlich gar nicht mehr bewohnt, diente wohl nur noch als Drogenumschlagplatz, aber Sandoval ließ das kalt. Eiskalt durchforstete sie die Ruine als sei es ein wilder Drogenmarktplatz.

Plötzlich jedoch stutzte sie. War da nicht ein Geräusch? Langsam und sehr vorsichtig schlich sie sich an die wackelige Zimmertür. Als sie in den Raum sah, traf sie beinahe der Schlag. Denn da lagen drei Leichen. Sie waren sehr übel zugerichtet, man hatte ihnen den Bauch aufgeschlitzt, offenbar, um die Drogensäckchen herauszunehmen, die sie transportiert hatten. Als Sandoval näher kam, verschlug es ihr abermals die Sprache. Denn die Personen da vor ihr waren keine Menschen, sie mussten Androiden sein, Roboter. Das vermeintliche Blut, in welchem sie lagen, musste künstliches Blut sein, um die Ermittler auf eine falsche Spur zu bringen.

Im Inneren der Androiden blinkte es und bunte Flüssigkeiten pulsierten rege durch die transparenten Sehnen. Sandoval wollte die Wesen wieder in Gang setzen, war der Meinung, dass es schon möglich wäre, die Androiden wieder in Stand zu setzen. So rief sie die Kollegen und beauftragte sie mit ihrem Vorhaben. Und es schien recht merkwürdig, denn Sandoval gab weder Erklärungen zu dieser Sache ab, noch zeigte sie sich recht beeindruckt von der Tatsache, dass neuerdings Roboter, die dazu noch erschreckend echt aussahen, die Dealer-Arbeit übernahmen. Vielmehr schien es so, als wenn sie das Ganze als vollkommen normal abhakte. Doch so normal war es eben nicht, und als die Androiden schließlich in mühsamer Arbeit teilweise wieder funktionstüchtig gemacht waren, staunten alle im Revier nicht schlecht. Denn die Androiden sprachen gar keine bekannte Sprache. Sie verständigten sich per Gedankenaustausch, per Telepathie! Wie war so etwas nur möglich? Als man die künstlichen Gehirne genauer untersuchte, fand man heraus, dass sie aus einem auf der Erde bislang nicht gekannten Stoff bestanden. Sie konnten Gedanken in unglaublich hoher Geschwindigkeit verarbeiten und auf alles reagieren, was um sie herum stattfand.

All das lief viel schneller ab, als es ein menschliches Gehirn je konnte. So etwas hatte es bisher noch nie gegeben und die Wissenschaftler standen vor einem riesigen Rätsel. Sie schafften es nicht, ins Zentrum der Gehirne vorzudringen, denn eine bestens ausgeklügelte Sperre verhinderte das. Wie konnte unter den Augen der Menschen nur solch eine Androiden-Gesellschaft herausbilden? Und was noch interessanter war: Gab es noch mehr von diesen Wesen? Und wo lebten sie? Die Androiden wurden in ein spezielles Labor gebracht und weiter untersucht. Doch die Wissenschaftler, die allesamt ausgewählte Professoren und langjährige Computerspezialisten waren, schienen ratlos. Keiner kam hinter das Geheimnis der künstlichen Menschen. Und Lt. Sandoval zeigte sich mehr als kühl. Sie hatte einfach kein Interesse an diesen Dingen und legte den Fall mit den Androiden irgendwann zu den Akten. Lange Zeit blieb es ruhig und es schien beinahe so, dass es wohl doch keine weiteren Androiden mehr gab. Da schreckte eine verrückte Nachricht die Mediengemeinde auf: Auf einer Südseeinsel wurde eine Gruppe toter Androiden gefunden! Es waren hundert derartige Wesen und sie alle waren mit Drogenhandel beschäftigt. Sandoval wollte auch das wegschieben, doch ihr Vorgesetzter, Inspektor Climer, ließ das nicht zu. Fortan kümmerte er sich selbst um diese äußerst delikate Sache, die überdies vor der Bevölkerung geheim gehalten werden musste. Sandoval war draußen und sie ließ sich das nicht bieten. Kurzerhand kündigte sie, verbreitete die Sache unter den Leuten und zog schließlich weg aus New York. Inspektor Climer fand die Kündigung seiner Mitarbeiterin zwar nicht so gut, hatte sie doch maßgeblich an der Aufklärung der hartnäckigsten Fälle mitgearbeitet. Doch er wollte sich selbst einen Orden ans Revere heften und selbst im Rampenlicht stehen, deswegen äußerte er sich auch nicht zu diesem Vorgang. Und es wurde noch spannender. Denn eines Nachts fand man Sandoval tot in einem Müllcontainer mitten in Chicago. Als man sie fand, war auch ihr Magen aufgeschlitzt und das wohl erschreckendste an der Sache schien, dass auch sie zu den Androiden gehörte. Sie hatte Drogen in ihrem Magen und Inspektor Climer übernahm höchstpersönlich die Aufklärung dieser Sache. Das Rätselhafte an diesem unfassbaren Fall lag in der Tatsache, dass Sandoval gar nicht als Drogenkurier auftrat. Man fand schließlich heraus, dass die vermeintlichen Drogenkuriere, auch Sandoval, die Drogen als Energiegeber, als Batterie sozusagen für ihr künstliches Gehirn und sämtliche Abläufe in ihrem künstlichen Körper nutzten. Nur diese Drogen konnten die nötige Energie für die künstlichen Körper, für die Funktionalität der unbekannten Werkstoffe, aus denen die Androiden bestanden, liefern. Und man entdeckte eine Art Kommunikator, der in jedem Androiden wie ein lebendiges Herz pulsierte. Er befand sich zwischen den sieben Hirnlappen und war derart klein, dass man ihn nur mit einem Rastermikroskop sehen konnte. Wegen seiner Winzigkeit konnte man ihn wohl bisher nie aufspüren. Außerdem war er ständig in Betrieb und immerfort in Verbindung mit einem Ort, der sich nicht auf der Erde befand. Das erklärte auch, dass die Androiden und wohl letztlich auch Sandoval so vehement hinter den Drogen her waren. Bei dem fernen Ort handelte es sich um einen bislang nie als wichtig erachteten Stern, mit dem die Androiden immerfort kontaktierten. Dieser Stern befand sich in einem kaum beobachteten Sternbild. Es war jenes Sternbild, welches Sandoval so oft mit ihrem Fernrohr beobachtete und welches sie so sehr liebte: WEGA!

## Suche

**S**ie hatte ihn so sehr geliebt. Und als er fort ging, um sich eine Arbeit zu suchen, da war sie traurig. Sie fand nur eine Nachricht auf dem Bett neben sich. Darauf stand: Ich komme wieder, irgendwann! Und sie wusste, dass es so sein sollte. Doch sie wollte zu ihm, sehnte sich in jeder Sekunde nach ihm und sie ging los, um ihn zu suchen. „Shila, willst Du Brot und Kaffee mitnehmen?", rief ihre Mutter aus der Küche. Sie wartete die Antwort nicht ab und brachte den Rucksack zu Shila hinaus. Noch einmal umarmte sie ihre Tochter, dann fuhr Shila los, um ihren Freund zu suchen. Die Mutter ahnte, dass sie ihre Tochter möglicherweise niemals wieder sehen würde und schaute dem Wagen noch lange sorgenvoll hinterher. Lange fuhr Shila durch die Out Backs dieses riesigen Landes. Australien schien so unergründlich, so voller Sehnsucht und Hoffnung. Doch sie hatte nur ein Ziel: Ben wiederfinden. Sie wusste, dass er einen Job brauchte. Immerhin war sie schwanger von ihm und irgendwann brauchten sie sein Geld. Vielleicht gab es ja irgendwo einen Platz für ihr Leben. Ein Leben auf einer Farm, irgendwo da draußen. Doch wo sollte sie Ben suchen? Gab es so etwas wie eine Vorahnung? Oder sollte sie einfach der Nase nach fahren? Und was, wenn der klapprige Wagen nicht durchhielt? Was, wenn sie irgendwo steckenblieb? Wer würde ihr helfen? Und würde Ben überhaupt noch an Sie denken? Sie schob diese Gedanken beiseite. Ganz sicher würde er an sie denken. Sie fühlte es. Ganz sicher dachte er in jeder Sekunde an sie, wie sie an ihn. Und sie spürte, dass die Zeit gekommen war, ihm entgegen zu gehen. Vielleicht wartete er ja auch auf sie. Irgendwo in der Unendlichkeit? Sie fuhr die staubige Straße immer geradeaus. An einer Kreuzung hielt sie den Wagen an. In welche Richtung sollte sie jetzt fahren? Weiter geradeaus? Nach links oder nach rechts? Egal, der Weg führte nach vorn, also geradeaus! In einem kleinen Ort am Weg zeigte sie sein Foto, war er vielleicht hier? Doch die freundliche Kellnerin des kleinen Imbissladens kannte ihn nicht. Auch einige der Gäste wollten ihn nie gesehen haben. Ein alter Mann schaute lange auf das Foto. Dann meinte er kurz: „Der war vor kurzem hier. Hat an der Tankstelle irgendwas gekauft und fuhr dann weiter, immer geradeaus." Und so fuhr sie eben weiter, immer geradeaus. In der Nacht hielt sie auf die Wiese am Straßenrand und schaute in die

Sterne. Sie funkelten so hell und manchmal bewegte sich ein winziger leuchtender Punkt übers gesamte Himmelszelt hinweg. Und dann glaubte sie, Bens Stimme zu hören, der zu ihr sagte: „Komm nur Shila. Ich wart auf Dich. Wir bauen uns ein Haus, irgendwo da draußen. Und unser Kind wird groß. Ja, wir ziehen es gemeinsam auf. Ich freu mich so darauf." Doch als sie ihre Augen öffnete, war Ben nicht da. Nur das unendliche Himmelszelt mit seinen unergründlichen Weiten. Sie fühlte sich ein wenig verloren. Doch sie glaubte ganz fest daran, Ben wiederzusehen. Als sie einschlief, stand er vor ihr. Er hatte einen goldenen Ring in der Hand. Er fragte sie, ob sie ihn heiraten wollte. Und sie sagte JA. Alles war so echt, so nah. So, als wäre Ben wirklich hier. Sie wollte diesen Traum immer weiter träumen. Doch Ben schien traurig. Tränen netzten seine Augen und Shila wusste nicht, was los war. Sie wollte ihn fragen, doch Ben entfernte sich langsam von ihr. Er verschwand in der Ferne, streckte dabei seine Hand nach ihr aus und löste sich schließlich in Luft auf. Dann war er fort und nur der Wind fegte über die endlosen Wiesen hinweg. Der Staub rieb in ihren Augen und sie erwachte. Es war ein verklärter Morgen und die Sonne schien hell vom blankgeputzten Himmel herab. Sie rieb sich die Augen und wollte losfahren. Da sah sie etwas auf dem Armaturenbrett liegen. Es war ein goldener Ring. Bens Ring. Das konnte doch gar nicht sein. Wie kam der hierher? War nicht alles nur ein Traum? Ben konnte doch nicht ... oder vielleicht doch? Warum aber blieb er nicht bei ihr? Wollte er nicht bleiben? Konnte er es nicht? Aber wieso? Shila nahm den Ring und drückte ihn fest an ihr Herz. Und Tränen liefen ihr übers Gesicht. Ben, ihr geliebter Freund war hier. Sie startete den Wagen - so weit weg konnte er doch noch gar nicht sein. Lange fuhr sie, doch von Ben gab es keine Spur. Er schien wie vom Erdboden verschluckt. Auch bei einer Farm, die am Wege lag, kannte man ihn nicht. Man hatte ihn nie gesehen. Shila fuhr bis zu einem großen Fluss. Am Ufer hielt sie an und stieg aus. Sie atmete tief ein und glaubte, Ben sei ganz in ihrer Nähe. Ja, er musste hier sein, sie wusste es genau! Sie lief am Ufer entlang und schaute hinter alle Bäume, die dort standen. Und plötzlich stolperte sie und fiel ins Wasser. Sanft fiel sie in das hohe Schilf. Neben ihr lag jemand, ein Toter, es war Ben! Da wusste sie, dass sie angekommen war. Sie sah sein fahles, aufgedunsenes Gesicht. Und sie konnte es nicht glauben. Der Mann, den sie so lange gesucht hatte, war tot. Umsonst schienen die Tage, die sie unterwegs gewesen war. Aber woher kam sein Ring? War er noch einmal bei ihr, bevor er starb? Sie kniete sich ins Wasser und streichelte seinen leblosen Leib. Und sie hielt sich an ihm fest, beinahe so, als wollte sie noch ein letztes Mal beschützt sein von ihm. So, als wollte sie ihn nie wieder loslassen. Sollte sie ihm folgen? Sollte sie ins Wasser gehen, um zu ertrinken, so wie Ben? Sie legte sich neben ihn ins Wasser und schloss die Augen. Doch da sah sie ihr Kind, einen Sohn. Er war schon groß und neben ihm stand Ben. Er sagte: „Du musst weiter leben! Für Deinen Sohn, für unseren Sohn! Nur so leb auch ich weiter. Sei stark Shila, du hast die Kraft zum Leben!" Dann verschwanden beide und Shila schaute in den blauen Himmel. Er schien so klar, ganz ohne Sorgen und ohne Trauer. Und plötzlich spürte sie die Kraft. Sie schien von Ben zu kommen, der da vor ihr lag. Sie stand auf und sagte leise: „Adieu Ben. Ich werds so machen. Für Dich, für uns, ich mach's!" Und schweigend stieg sie in den Wagen und fuhr nach Hause. Unterwegs rief sie die Polizei und man fand heraus, dass sich Ben vor lauter Verzweiflung, keinen Job gefunden zu haben, betrank und ans Ufer des Flusses legte. Als es zu regnen begann, war er längst eingeschlafen. Der Fluss schwoll an und Ben ertrank. Shila traf das wie ein Schlag. Und sie nahm den goldenen Ring und steckte ihn an ihren Finger. Sie nahm ihn nie wieder ab, denn die Polizei teilte ihr mit, dass Ben schon seit einer Woche tot im Wasser gelegen hatte.

## Ausgebremst

Gerade in der letzten Zeit erinnerte ich mich oft an meine allererste Lehrerin. Sie war eine ältere Frau, die aber so mütterlich und liebevoll mit ihren Schülern umging, wie man es heute nur noch selten findet. Ich mochte sie sehr und ich muss zugeben, dass ich in diesen ersten Schuljahren auch zu den besten Schülern meiner Klasse gehörte. Das schürte natürlich den Neid meiner Mitschüler und meine Lehrerin half mir stets, wenn es mal zu brenzlig wurde. So kam ich sehr gut über diese schwierigen Zeiten. Auch heute begegnete mir immer wieder Neid und Missgunst bei Menschen, die mir aus unerfindlichen Gründen nicht wohl gesonnen waren. Ich fragte mich dann immer, was ich denen wohl getan hatte, dass sie mir so hasserfüllt gegenüber standen. Es war an einem eiskalten Wintertag. Ich musste zu einem etwas weiter entfernten Termin fahren. Ausgerechnet als ich losfuhr, tobte ein heftiges Schneetreiben über der Stadt. Es half jedoch nichts, ich musste fahren, denn ich war auf diesen Termin angewiesen. Die Fahrt zur Autobahn verlief weitgehend normal. Zwar rutschte das Fahrzeug in den tiefen Spurrinnen hin und her, doch es ging vorwärts, und nur das zählte. Ich war bereits etliche Kilometer auf der Autobahn unterwegs, da bemerkte ich plötzlich, dass die Bremse meines Fahrzeugs nicht mehr funktionierte. Immer wieder trat ich auf das Pedal, doch nichts passierte. Mir trieb es den Angstschweiß auf die Stirn, denn ich befand mich gerade bei einem riskanten Überholvorgang. Der Fahrer hinter mir gab bereits eindeutige Lichtsignale, doch ich war derart nervös, dass ich mich zurückfallen ließ und auf die rechte Fahrspur auswich. Mein Fahrzeug allerdings wurde nicht langsamer, im Gegenteil, es wurde immer schneller. Denn zu allem Unglück ging es nun auch noch bergab. Ungefähr fünfzig Meter vor mir tauchten die roten Rücklichter eines LKWs auf. Und das Schneetreiben ließ keinesfalls nach. Die Schneeflocken fielen immer dichter und ich konnte noch nicht einmal auf einen Parkplatz an der Autobahn fahren. Wie sollte ich das Fahrzeug abbremsen, wenn nichts mehr funktionierte. Mit zittrigen Händen hielt ich das Lenkrad fest. Ich musste wenigstens die Spur halten, damit das Fahrzeug nicht ausbrach. Immer näher kam ich an den LKW und es würde wohl nicht mehr lange dauern, bis ich ihn rammte. Das allerdings könnte mein Ende bedeuten. Ich starrte auf die bedrohlichen Rücklichter und schloss bereits mit meinem Leben ab. Da tauchte plötzlich eine Person am Straßenrand auf. Es war eine ältere Frau und sie schien mir zuzuwinken. Doch schnell verschwand sie wieder im tobenden Schneetreiben. Im selben Moment überholte mich ein anderes Fahrzeug. Es war ein alter klappriger Transporter. Er fuhr neben mir her und setzte sich schließlich zwischen den LKW und mein Fahrzeug. Entsetzt beobachtete ich sein riskante Fahrmanöver und konnte nicht bremsen. Der Transporter vor mir wurde langsamer und ich berührte ihn schließlich mit meinem Auto. Doch es kam zu keinem Unfall, denn das Fahrzeug bremste mich langsam ab. Ich konnte mein Glück kaum fassen. Irgendjemand musste meine ausweglose Situation mitbekommen haben und hatte mir wohl auf diese Weise das Leben gerettet. An der nächsten Ausfahrt rollten wir von der Autobahn auf einen kleinen Parkplatz. Dort blieben unsere Fahrzeuge schließlich stehen und mir fiel ein zentnerschwerer Stein vom Herzen. Erleichtert wischte ich mir den Schweiß von der Stirn und stieg aus. Ich wollte zu dem fremden Fahrzeug, um mich bei dem Fahrer zu bedanken. Doch als ich davor stand, sah ich niemanden am Steuer sitzen. Irritiert schaute ich auf die anderen

Sitzplätze, doch es saß niemand drin. Nun begriff ich gar nichts mehr. Wie konnte das nur sein? War der Fahrer vielleicht zur Toilette gegangen? Ich schaute mich um, konnte jedoch niemanden entdecken. Auch eine Toilette gab es hier nicht. Mir kam die Sache komisch vor und ich rief die Polizei. Die fanden auch keinen Fahrer und stellte später fest, dass jemand die Bremsleitungen meines Wagens durchgeschnitten hatte. Als Täter konnten meine Nachbarn identifiziert werden. Auf diese Weise, so hofften sie, wollten sie mich endlich loswerden. Sie wurden verhaftet und bekamen einen Prozess. Doch das Merkwürdigste war, dass man den Fahrer des alten Transporters nicht ausfindig machen konnte. Denn das Fahrzeug war seit zwanzig Jahren stillgelegt und gehörte einst jemandem, den ich sehr gut kannte: meiner vor vielen Jahren verstorbenen Lehrerin ...

## Nur ein bisschen Lachen

Ted Wolters war ein sehr erfolgreicher Industrieller. Er verdiente sein Geld mit der Herstellung von Clownskostümen. Und weil gerade der Markt im Osten immer größer wurde, verkaufte er Millionen, ja, Milliarden seiner lustigen Kostüme. Leider vergaß er über seiner vielen Arbeit seinen achtjährigen Sohn Ron. Der war zwar recht gut in der Schule, doch irgendetwas schien ihm zu fehlen. Er fühlte sich allein und einsam, obwohl er in der Schule an allen Freizeitbeschäftigungen teilnahm.

Eines Tages spielte Ron im Garten der riesigen Luxusvilla und warf den Ball außergewöhnlich weit. Er landete im Geäst eines hohen Baumes und Ron wusste nicht, wie er den Ball da wieder herunter bekommen sollte. Plötzlich winkte ihm ein kleiner Junge jenseits des Gartenzaunes entgegen. Immer wieder sprang er hoch, um über den Zaun zu sehen und Ron winkte ihm zurück. Der fremde Junge war ziemlich ärmlich gekleidet. Doch seine bunte Jacke über den löchrigen Hosen sah irgendwie aus wie die eines lustigen Clowns. Ron interessierte das wenig, wenngleich er die lustige Clownsjacke wirklich toll fand. Stellte so etwas nicht sein

Papa in einer seiner vielen Fabriken her? Wie lange war es schon her, dass er mit seinem Papa gespielt hatte? Schnell wischte er sich eine Träne von der Nase und freute sich, dass ihm jemand zugewinkt hatte. Und natürlich wollte er den fremden Jungen kennen lernen, lief zum Tor und ließ ihn ein. Der fremde Junge staunte und war sprachlos, denn ein solch wunderschönes prachtvolles Haus schien er fürwahr noch niemals gesehen zu haben. Allein die marmornen Terrassenplatten und die vielen weißen Engelsfiguren, die am Eingang und hoch oben, auf dem Dache standen, ließen ihm den Mund offenstehen. Ron schien das gar nicht mehr zu bemerken, er hatte sich an all den vielen Luxus gewöhnt und rief kurzerhand: „Das ist ja schön, dass Du mir gewinkt hast! Das hat schon lange keiner mehr getan. Kannst Du mir helfen, meinen Ball aus dem Baum dort oben zu holen?" Der fremde Junge, der sich Timmi nannte, nickte und schon rannten die beiden zu der Stelle, wo der riesige Baum stand. Timmi schaute am Stamm empor und meinte dann, dass er versuchen würde, am Stamm empor zu klettern. Ron hatte Bedenken, wollte nicht, dass Ron sich verletzte oder gar vom Baume fiel. Er fragte Timmi, ob es vielleicht doch noch einen anderen Weg gäbe. Doch Timmi wusste keinen. Ron dachte kurz nach und schlug vor, dass sie gemeinsam auf den Baum kletterten. Timmi wusste nicht so genau, ob der gut gekleidete Ron für solch eine Klettertour richtig gekleidet war. Immerhin hatte er selbst nichts besonders auf dem Leibe, da war es ja egal. Ron jedoch bestand darauf und so kletterten die beiden Stück für Stück nach oben. Als sie ungefähr die Mitte des Baumstammes erklommen hatten setzte plötzlich ein starker Wind ein. Der ganze Baum wurde meterweit nach allen Richtungen gebogen und die beiden Jungen hatten große Mühe, sich an ihm festzuhalten. Der Ball im Geäst weiter oben konnte sich allerdings nicht mehr halten und fiel an den beiden Jungen vorbei nach unten auf die Wiese. Als die Jungen das sahen, wollten sie wieder hinabklettern, doch Ron verhedderte sich an seinen weiten Hosenbeinen und verlor schließlich den Halt. Timmi wollte ihn noch warnen, doch es war bereits zu spät. Ron fiel und fiel und fiel ... und landete ziemlich hart auf der Wiese. Bewusstlos blieb er dort liegen und rührte sich nicht mehr. Timmi bekam es mit der Angst zu tun. Aber da bog eine lange schwarze Limousine in die Toreinfahrt und hielt schließlich auf dem weißen Kieselsteinweg vor dem Hauseingang. Timmi starrte entsetzt auf den schwarzen Wagen und dann zu Ron. Es war Rons Papa Ted, der da von seiner letzten Geschäftsreise aus China zurückgekehrt war. Als er aus dem Wagen stieg, erblickte er seinen bewusstlosen Sohn auf der Wiese und den zerlumpten Timmi daneben. Laut brüllend und heftig gestikulierend rannte er auf Timmi zu, während er mit seinem edelsteinbesetzten Handy die Polizei rief. Die kam ziemlich rasch und Ted versuchte mit allen Mitteln seinen Sohn ins Leben zurückzuholen. Timmi wollte erschrocken davon rennen, doch Ted verstellte ihm den Weg und überwältigte ihn. Mit einem Gartenschlauch fesselte er den armen kleinen Jungen an den dicken Baumstamm und widmete sich seinem Sohn. Ron kam schnell wieder zu sich und wusste gar nicht, wie ihm geschehen war. Er wollte noch sagen, dass Timmi gar keine Schuld hatte, doch da traf auch schon die Polizei ein. Ted übergab den sprachlosen Timmi den Beamten und erstatte auch gleich noch eine ordentliche saftige Anzeige gegen den Jungen. Dann trug er seinen Sohn ins Haus, wo sich der schnell herbeigeeilte Hausarzt um ihn kümmerte. Es stellte sich heraus, dass Ron keine körperlichen Schäden davongetragen hatte. Lediglich einige Blessuren an den Armen und den Beinen waren noch zu sehen. Doch auch die sollten wohl bald verheilt sein, so der Arzt. Stattdessen wunderte sich Ted, dass sein Sohn einfach nicht mehr aufstehen wollte. Apathisch lag er in seinem Bettchen und wurde von Tag zu Tag trauriger und schwächer. Ted wusste schon gar nicht mehr, was er tun sollte, bestellte die besten Ärzte der Stadt. Doch auch die wussten angesichts des Zustandes von Ron keinen Rat. Sie hatten einfach keine Erklärung für den stetigen Verfall des kleinen Jungen. Ted meinte, dass er eigentlich längst wieder im Ausland sein müsste, denn die neuesten Vertragsverhandlungen duldeten keinerlei Aufschub. Doch seinem Sohn ging es von Tag zu Tag immer schlechter und keine Medizin half gegen diese Schwäche. In einer stürmischen Gewitternacht röchelte Ron leise vor sich hin und Ted rechnete bereits mit dem Schlimmsten. Plötzlich wehte der Wind die Gardine von Rons Zimmerfenster zur Seite und Timmi stand im Raum. Ted wollte den fremden Jungen schon hinausjagen, da sprach Timmi: „Machen Sie endlich Ihre Augen auf! Ihrem Sohn fehlt nichts weiter als der Papa. Ein kleines bisschen Liebe, ein Lachen und ein wenig Zuwendung von Ihnen, das fehlt ihm. Warum geben Sie ihm das nicht? Wollen Sie, dass er vor Einsamkeit und Gram stirbt? Wollen Sie das wirklich?" Sprachlos starrte Ted zu dem vom Regen durchnässten Timmi und hatte Tränen in seinen Augen. Er streichelte Ron übers Gesicht und sank hilflos zu Boden. Dabei rief er immerzu: „Aber was soll ich denn tun? Sag's mir doch!" Timmi ging zu ihm und sagte leise: „Sie wissen genau, was Sie tun müssen. Bleiben Sie daheim und übertragen Sie die Geschäfte einem Geschäftsführer. Sie haben so viel Geld, da dürfte Ihnen so etwas doch nichts ausmachen, oder? Retten Sie Ron indem Sie bei Ihm bleiben. Lachen und spielen Sie mit ihm und dann wird er wieder gesund, glauben Sie mir. In Gottes Namen tun Sie, was ich Ihnen gesagt habe, jetzt!" Der gut gekleidete Ted schaute zu seinem Sohn, dann zu Timmi und schließlich zur Zimmerdecke. Dann rief er flehend: „Ja, ich werde es so tun, wie Du gesagt hast! Aber ich will, dass mein Liebling, mein einziger Sohn, dass Ron wieder gesund wird, bitte!" Timmi schaute schweigend zu dem zusammengesunkenen, mächtigen Mann und verschwand hinter der Gardine. Ted wollte ihm noch etwas sagen, wollte nicht, dass er ging. Doch als er zum Fenster sprang, um Timmi aufzuhalten, war der nirgends mehr zu sehen. Auch im Garten, der von den grellen Blitzen sekundenlang erhellt wurde, war er nicht. Dafür vernahm Ted ein sehr vertrautes Geräusch. Es war Ron, der laut hustete. Panisch lief der Ted zu seinem Sohn, glaubte schon, ihn nun endgültig zu verlieren. Doch Ron hustete nur, weil er sich verschluckt hatte. Er lächelte und fragte seinen Papa, was geschehen sei. Der fiel seinem Sohn um den Hals und weinte vor Freude. Und in diesem Augenblick wusste er genau, was er zu tun hatte – er wollte nie wieder fort gehen von Ron, niemals wieder! Nie mehr wollte er ihn allein lassen und sich ab sofort wie ein richtiger Papa um ihn kümmern. Als er Ron das sagte, musste auch er weinen. Die beiden umarmten sich und waren so unendlich glücklich, dass sie zusammen waren. Es war wirklich nur dieses kleine bisschen Zuwendung, dieses kleine bisschen Lachen, welches doch so sehr gefehlt hatte …

Ron wurde schnell wieder gesund und spielte schon bald mit seinem stolzen Papa Fußball im Garten. Und sie luden alle Kinder aus der Nachbarschaft dazu ein, die reichen und die armen. Und alle hatten eine Menge Spaß. Von Timmi allerdings hörte Ron nie wieder etwas. Eines Abends allerdings, als alle Kinder wieder nach Hause gegangen waren, saßen Ron und sein Papa noch ein wenig im Garten und genossen die abendliche Kühle. Da klapperte es plötzlich auf dem Dach der großen Villa. Irgendetwas schien sich dort gelockert zu haben – war es vielleicht ein Dachziegel? Die beiden stiegen hinauf auf den Boden und Ron schaute aus einem der Dachfenster, um dem vermeintlichen Klappern auf die Spur zu kommen. Sein Blick fiel auf einen der kleinen weißen Engel, die am Giebel des Daches standen. Offenbar hatte sich einer von ihnen ein klein wenig gelöst und klapperte nun hin und her. Als Ron genauer hinschaute glaubte er, seinen Augen nicht mehr zu trauen. Denn der kleine Engel trug eine bunte Clownsjacke und zwinkerte ihm aufmunternd zu. Dann löste er sich einfach in Luft auf und Ron war sich sicher, dass der Engel Timmi wie aus dem Gesicht geschnitten ähnlich war …

**Die Brücke**

Jeff war ein smarter schwarzhaariger Schönling. Er betrog seine Ehefrau Tanja, wann und wo er nur konnte. Und obwohl sie ein bildhübsches junges Mädchen war, schreckte er nicht davor zurück, nebenher noch zahllose andere Frauen zu beglücken. Allen schwor er ewige Liebe und Treue, bis er sie schließlich verließ. Für seine üblen Zwecke hatte er sich einen Terminplaner zugelegt, den er immer in seiner Aktentasche versteckt hielt. Bis zu jener schicksalsreichen Nacht, in welcher er sich nie hätte verabreden dürfen. Tanja musste zum Nachtdienst. Sie arbeitete als Krankenschwester in einem großen Krankenhaus. Jeff tat so, als ob er ins Bett gehen würde und verabschiedete sich scheinheilig von seiner Frau. Tanja verließ das Haus und fuhr in die Klinik. Darauf hatte Jeff nur gewartet. Er sprang aus dem Bett, vergewisserte sich noch einmal, ob Tanjas Wagen auch wirklich verschwunden war und kramte seinen Terminplaner aus der Aktentasche. Für diese Nacht hatte er sich mit Tanja verabredet, die er nun anrufen wollte, damit sie sich treffen konnten. Sie verabredeten sich auf einer einsamen Brücke, wo sie sich unbeobachtet fühlen konnten.

Kurz vor Mitternacht trafen sich die beiden am verabredeten Ort. Dicke Nebelschwaden zogen um die Brückenpfeiler. Lisa hatte sich ihr schönstes Kleid angezogen und Jeff erschien in seinem schwarzen Jeansanzug. Als er sie sah, freute er sich schon auf einen heißen One-Night-Stand. Er wusste genau, dass er sie nur dieses eine Mal sehen würde. Und er erzählte ihr alles, was sie hören wollte. Lisa schien fasziniert von Jeffs Liebesbekundungen. Und sie glaubte ihm, dass sie die Einzige für ihn sei. Auch sie ahnte nicht, dass er auch sie nur benutzte. Die beiden standen mitten auf der Brücke und Jeff küsste sie heiß und innig.
Mehrfach flüsterte er ihr ins Ohr, wie schön sie sei und dass er nur auf sie gewartet hätte.
Plötzlich begann die Erde zu beben und versetzte die Brücke in heftige Schwingungen. Die beiden klammerten sich aneinander fest, doch es half nichts. Sie fielen zu Boden. Genau in der Mitte der Brücke tat sich ein breiter Riss auf. Die Brücke drohte, auseinanderzubrechen. Was dann geschah, konnte man später nicht mehr rekonstruieren.
Jeff versuchte sich krampfhaft an einem Mauervorsprung festzuhalten. Plötzlich erhob sich Lisa in die Luft und schwebte wie ein Geist vor ihm. Jeff erschrak und musste

ansehen, wie sich Lisa vor seinen Augen in Tanja verwandelte. „Ich habe es immer gewusst, dass Du mich betrügst. Doch Du wirst niemals mehr eine Frau unglücklich machen!" Bei den letzten Worten bebte die Erde noch ein letztes Mal und warf Jeff in die reißenden Fluten des darunter befindlichen Flusses. Da der Fluss starkes Hochwasser führte, riss er Jeff sofort mit sich. Eine halbe Stunde später erschien die richtige Lisa und wunderte sich. Still und friedlich lag die Brücke vor ihr. Weder ein Riss noch ein Beben hielt sie auf, als sie die Brücke betrat. Sie wartete ungefähr eine Stunde. Dann ging sie traurig wieder nach Hause. Was Lisa nicht wusste, Tanja hatte Jeff längst durchschaut und war ihm bis zur Brücke gefolgt. Sie sah, wie Jeff am Geländer stand und plötzlich zu taumeln begann. Offenbar hatte er das Gleichgewicht verloren und fiel ins Wasser. Zu Tode erschrocken alarmierte sie die Polizei. Als sie eintraf, suchten die Beamten die gesamte Gegend ab.
Doch sie fanden Jeff nicht mehr. Auch eine Bruchstelle oder einen Defekt an der Brücke konnte nie gefunden werden. Die Brücke war vollkommen in Ordnung. Ein Jahr später wurde eine Rohleitung durch den Fluss gezogen. Dabei mussten Taucher in den

Fluss, um entsprechende Baumaßnahmen durchzuführen. Als sie in der Mitte des Flusses ankamen, fanden sie meterdicke Bruchstücke, die von einem Bauwerk stammen mussten. Da diese Bruchstücke gebogen waren, schlossen die Taucher auf eine Brücke, die wohl irgendwann an dieser Stelle zusammen gestürzt sein musste. Doch noch etwas ganz anderes entdeckten sie, was ihnen das Blut in den Adern gefrieren ließ: Jeffs Leiche, die mit aufgerissenen Augen zwischen den Bruchstücken klemmte. In seiner linken Hand hielt er etwas, das vollkommen aufgeweicht hin und her wedelte, seinen Terminplaner …

## Spekulatius

Eigentlich war alles traurig: Jan hatte seinen Job verloren, weil seine Firma, in der er seit zwanzig Jahren immer zuverlässig gearbeitet hatte, Insolvenz anmelden musste. Nicht einmal für das letzte Gehalt hatte es noch gereicht und so schlich er sich mit gesenktem Kopf zum Arbeitsamt, um sich seine karge Stütze abzuholen. Die wenigen Groschen reichten vielleicht gerademal dazu, dass man nicht am Hungertode starb; für eine Wohnungsmiete reichten sie ganz sicher nicht mehr aus. Jan wusste einfach nicht mehr, wie es weiter gehen sollte, spürte die erhabenen Blicke der anderen, die mit ihren Jobs und mit ihren teuren Autos protzten. Sie konnten sich schöne Wohnungen und schicke Häuser leisten. Für Jan blieb nur dieser allerletzte Einkauf.

Als er seine Geldbörse zückte, um das verbliebene bisschen Geld nachzuzählen, wurde ihm auf einmal so Vieles klar. Niemals mehr würde er einen Job bekommen, denn in seinem Alter, immerhin Mitte Vierzig, würde ihn niemand mehr nehmen. Und so nahm er sich vor, eine große Flasche Schnaps zu kaufen, um diese dann zu leeren. So betrunken, wie er dann wäre, würde es ganz sicher nur noch ein Kinderspiel sein, von irgendeiner hohen Brücke zu springen, denn leben wollte er so armselig auch nicht mehr länger.

Langsam lief er durch die Gänge des Supermarktes und suchte angestrengt nach der Schnapsabteilung. Er fand sie schnell und griff nach der größten Flasche Klaren. Plötzlich tippte ihm jemand auf den Rücken. Als er sich umdrehte, starrte er irritiert in die müden Augen einer alten Frau. Doch so müde, wie ihre Augen im ersten Augenblick schienen, war sie gar nicht. Denn kaum hatte sie Jan erblickt, grinste sie frech und ihre Millionen Falten schienen sich plötzlich zu glätten. Jan wollte sich schon wieder wegdrehen, da sprach die Alte zu ihm: „Das Leben ist schon manchmal ungerecht!", zischte sie und ihre Stimme vibrierte sekundenlang in Jans Ohren. Es war wie ein Widerhall und er drehte sich noch einmal zu ihr, um ihr zu sagen, dass sie ihn in Ruhe lassen möge.

„Können Sie nicht einfach weitergehen?", fuhr er die Alte an und widmete sich wieder seiner Schnapsflasche, die er interessiert in seinen Händen drehte. Die alte Frau jedoch ließ sich dadurch keineswegs beirren. Im Gegenteil, sie stellte sich an die Seite des armen Mannes und schaute nachdenklich in dessen großen leeren Einkaufskorb hinein.

Dann musterte sie Jan von oben bis unten und meinte: „Das ist schon hart, alles zu verlieren, ich weiß, ich weiß!" Jan, der sich nicht ganz sicher war, ob er gerade veräppelt wurde oder verhöhnt, stellte demonstrativ die große Schnapsflasche in den Wagen und wollten wortlos gehen. Doch die Alte schien zur Hochform aufzulaufen, stellte sich Jan mutig in den Weg und rief dann: „Flucht ist die armseligste Variante, glaube mir! Warum willst du schon wieder davonlaufen? Der Schnaps da zeigt dir ganz bestimmt nicht den rechten Weg!" Und ehe Jan noch eine weitere bösartige Bemerkung fallen lassen konnte, sprach die Alte einfach weiter: „Weißt, du, wenn du mal so alt bist, wie ich, wirst du mich vielleicht verstehen. Ich hatte auch so viele schlimme Sachen erlebt, die ich gar nicht aufzählen will. Aber es sind doch nicht all diese schlimmen Niederlagen in unserem Leben, die unser Sein bestimmen. Vielmehr ist es doch unsere Kraft, da wieder heraus zu finden. Als Kind haben wir oft Verstecken gespielt. Doch jetzt sind wir groß, erwachsen, wie wir immer sagen. Und da gibt's kein Verstecken mehr! Wir müssen uns stellen, ob wir wollen oder nicht. Du solltest einfach noch mal neu beginnen, denn dein Leben besteht doch nicht nur aus dieser einen Arbeit, die du mal getan hast. Es ist doch so viel mehr! Entdecke es und weiß darum, dass du derzeit in einem Zustand bist, wo dir alle Wege offen stehen. Du bist frei und kannst dich entscheiden, nur, die Augen musste du schon aufmachen, sonst siehst du es nicht!" Jan hatte längst aufgegeben, davonzulaufen, denn er verstand die Worte dieser alten hutzeligen Frau. Sie hatte genau das getroffen, was in ihm schmerzte: seine Seele! Und ihm liefen dicke Tränen über die Wangen. Dennoch konnte er sich einfach nicht erklären, woher diese ihm vollkommen unbekannte Frau von seinem Leben wusste? Die Alte schien seine Gedanken lesen zu können, ergriff seine Hand und drückte sie ganz fest. Es schien beinahe so, als wenn seine Mutter neben ihm stand. Und sie sagte: „Stell die blöde Flasche weg, das bist doch nicht Du! Besinne dich und nimm hier diesen Beutel mit Spekulatius. Es ist ein Weihnachtsgebäck, welches ich heute gebacken habe. Wenn du nicht mehr weiter weißt, und ich weiß, es geht dir jetzt so, dann probiere einfach davon. Du wirst sehen, schon bald geht's dir wieder gut. Und vergiss es nie, niemals aufgeben und weiter machen, kämpfen und den Kopf oben behalten! Dann wirst du wieder glücklich sein!" Damit drückte sie

Jan einen Beutel mit Spekulatius in die Hand. Jan hielt den Beutel hoch und schaute sich die knusprigen Kekse darin an. Als er sich bedanken wollte, war die Alte verschwunden. Noch einmal schaute er sich nach allen Seiten um, doch von der alten Frau fehlte jede Spur. Kopfschüttelnd schaute er in seinen Einkaufwagen und ihm fielen die Worte der alten Frau wieder ein. Ein wenig zögerlich und nachdenklich nahm er die Schnapsflasche aus dem Wagen und stellte sie ins Regal zurück. Den Beutel mit dem Spekulatius steckte er in seine Einkaufstasche und verließ den Supermarkt mit eiligem Schritt. Daheim jedoch wurde ihm seine hilflose Lage erneut schmerzhaft bewusst. Wie sollte er nur seine Miete bezahlen und wie sollte es überhaupt weiter gehen? Weinend öffnete er den Beutel mit dem Spekulatius darin und griff nach einem der knusprigen Kekse. Er biss ein Stück davon ab und spürte auf einmal, wie ganz langsam seine Kräfte in seinen Leib zurückkehrten. Es war wirklich total verrückt, aber das Blut schien schneller zu zirkulieren als eben noch. Die Leere in seinem Kopf wich und machte ganz neuen Ideen Platz, die er schnellstens umsetzen wollte. Es war, als wenn eine fremde Macht von ihm Besitz ergriffen hatte, als ob ein guter Geist alles Böse und alle Niedertracht und Angst aus ihm getrieben hätte.

Er begann mit dem Schreiben, schrieb tage- und nächtelang seine eigene Geschichte auf, und schon nach kurzer Zeit wollte man diese Geschichte in den großen Zeitungen abdrucken. Die Leute fanden es spannend, wie er schrieb und er rührte die Leute zu Tränen. Schon bald wurde er berühmt und er verdiente richtig viel Geld. Und immer, wenn er sich mal schlecht fühlte, nahm er sich einen Keks aus dem Beutel der alten Frau. Denn der Vorrat an dem sagenumwobenen Spekulatius ging ihm seltsamerweise niemals aus. Und eigentlich brauchte er den Spekulatius auch schon gar nicht mehr – er hatte zu seiner alten Kraft zurückgefunden, fühlte sich sogar stärker und besser als jemals zuvor. Irgendwann wollte er sich bei der Alten bedanken, las auf dem Beutel die Schrift, welche eine Adresse in „Chula Vista" beschrieb. Als er dorthin fuhr, war da aber nichts außer einer alten windschiefen Holzhütte. Die Hütte war unbewohnt und es schien, als wenn hier niemals jemand gelebt hätte. Jan erkundigte sich bei einem vorüberlaufenden Passanten. Der war erstaunt und meinte auf Jans Frage, wo die alte Frau geblieben sei: „Hier hat nie jemand gewohnt. Die Hütte diente lange Zeit als Lager. Nein, da haben Sie wohl wenig Glück, diese Hütte ist unbewohnt!" Jan konnte es nicht glauben, doch er musste sich wohl damit abfinden. Noch einmal wollte er sich die Holzhütte von allen Seiten anschauen, denn vielleicht entdeckte er ja doch noch etwas, dass auf die mysteriöse alte Frau hinwies. Als er hinter der Hütte zwischen den Sträuchern stand, entdeckte er eine kleine Holzfigur, die wohl irgendjemand mal geschnitzt hatte und im Gestrüpp verloren haben musste. Als er die Figur aufhob und betrachtete, traf ihn beinahe der Schlag: Denn die Figur glich haargenau der alten Frau, die ihm einst so entscheidend geholfen hatte. Nun hatte er sie wohl gefunden und er nahm sie einfach an sich. Sie erhielt einen Ehrenplatz in seinem Haus auf einem Sims neben seinem Lieblingssessel. Und immer, wenn er mal traurig war, dann setzte er sich neben seine Figur, nahm sich einen Keks aus dem Spekulatiusbeutel und betrachtete sich die Holzpuppe sehr lange. Und jedes Mal schien es ihm, als wenn die alte Frau plötzlich wieder bei ihm war und zu ihm sprach: „Vergiss es nie – niemals aufgeben und immer weiter machen, kämpfen und den Kopf oben behalten! Dann wirst du wieder glücklich sein!"

## 20 Kornkreise

s war ein sonniger Morgen in der Grafschaft North Essex in England. Burt radelte vergnügt durch die Straßen seiner Heimatstadt Chelmsford und wollte doch eigentlich nur zur Arbeit ins Büro. Doch irgendetwas schien heute anders als sonst, er spürte es genau. Deswegen fuhr er einen riesigen Umweg, denn er hatte noch genügend Zeit. Und so fand er sich schließlich an seinem idyllisch gelegenen Lieblingsplatz, am Rand der Stadt wieder. Er nannte diesen beschaulichen Vorort Grand Blue und er fuhr oft dorthin, wenn er sich erholen wollte. Die alte hölzerne Bank, die gleich neben der kleinen Kirche stand, war diesmal sein Ziel. Als er sich setzte, hörte er sie, diese Stille, diese Genügsamkeit und er wollte einfach es nur noch genießen. Eine kleine Weile blinzelte er in die Sonne und hätte wohl noch eine Ewigkeit an dieser Stelle ausgeharrt, wenn es nicht plötzlich einen ohrenbetäubenden Knall gegeben hätte. Burt zuckte zusammen- was war das?
Aus Richtung des Bankgebäudes stieg dicker Qualm empor und dann sah er vermummte Männer die Straße in seine Richtung hinaufrennen. Sie trugen Gewehre und schossen

wie wild um sich. Zeit zum Überlegen blieb Burt nicht mehr, denn eine Kugel streifte seine Hand. Sie blutete stark und Burt sprang auf, um sich auf sein Fahrrad zu schwingen. Mit aller Kraft trat er in die Pedale und er hörte nur noch, wie die Kugeln dicht an seinem Kopf vorüberzischten. Gefühle oder Empfindungen hatte er längst nicht mehr, hatte sie einfach abgestellt und er fuhr und fuhr und fuhr. Zwischen den üppigen Feldern hielt er kurz an. Und da waren sie wieder. Es mussten Terroristen, nur, was wollten sie ausgerechnet von ihm? Er war doch weder Geheimnisträger noch bei der Army. Nein, er wusste es nicht und so gab er seinem Fahrrad die Sporen. Irgendwann allerdings ging ihm die sprichwörtliche Puste aus und er hielt an. Nicht einmal sein Fahrrad konnte er noch festhalten, so sehr hatte er sich verausgabt und er kippte mitsamt seinem Drahtesel einfach ins Feld hinein. Doch was war das? Er fiel nicht etwa hart oder gar unsanft auf die Erde, nein, er fiel wie in einen Haufen weicher Federn mitten hinein. Er fühlte nicht einmal mehr worauf er da sank und als er sich umschaute, war die Landschaft in ein angenehmes Violett getaucht. Auch das wilde Schießen seiner Verfolger konnte er nicht mehr hören und ein merkwürdiger Verdacht kroch wie ein böses O-men in ihm hoch: war er etwa schon tot? Als er so lag und sich umschaute, bemerkte er, dass die Kornhalme um ihn herum, allesamt niedergedrückt waren. Es roch brenzlig und verschmort und die Luft flirrte wie über einer Asphaltstraße bei großer Hitze. Was ging hier nur vor? Als er nach unten schaute, erschrak er. Er lag nicht etwa auf den Kornhalmen oder auf dem Acker dazwischen. Er schwebte wie ein Luftballon über einem riesigen Kornkreis. Irgendeine seltsame Kraft, eine Energie, die doch so angenehm und weich war, umschloss seinen Körper und nicht einmal das Sonnenlicht brachte ihn zum Schwitzen. Der brenzlige Geruch verschwand und ein Duft von Lavendel breitete sich um ihn herum aus. Er wollte sich aufrichten, doch aus irgendeinem Grunde ging das nicht. Und als er rufen wollte, sich bemerkbar machen wollte, funktionierte auch das nicht. Wie eine Feder schwebte er zwischen Leben und Tod oder zwischen Erde und Himmel und nahm kaum noch etwas wahr.

Als er an sich herunterschaute, bemerkte er, dass auch seine Verletzung an der Hand verschwunden war. Wie konnte so etwas nur möglich sein? Ein Wunder, oder? Plötzlich bemerkte er, wie aus den benachbarten Kornkreisen -und er wusste genau, dass es 19 waren- Lichtstrahlen in den Himmel schossen. Sie waren Violett und Türkis und sahen aus wie Laserstrahlen, die jemand zielgerichtet ins All schoss. Am Himmel erschien ein Schatten, eine riesige transparent wirkende Scheibe, ein Diskus! Burt erschrak, das musste ein Raumschiff sein, oder? Die Scheibe drehte sich langsam um sich selbst und gab dabei keinen einzigen Ton von sich. Lautlos senkte sie sich vom Himmel herab und blieb in Höhe der Baumwipfel abrupt stehen. Ein violetter Lichtstrahl tastete die Kornkreise ab, und als er Burt ertastete, verschwand er wieder. Es war nur ein kurzer Augenblick, aber in diesem einen Augenblick fühlte Burt wieder etwas. Es war eine unbegreifliche starke Liebe, ein Gefühl, zu etwas Unbekanntem, Riesigem zu gehören, das er kannte, das er sich aber nicht vorzustellen vermochte. Es musste mit diesen Kornkreisen zusammenhängen, mit diesem Diskus vielleicht, oder aber mit einer anderen Intelligenz? Und obwohl er weder einen Außerirdischen sah noch das beinahe durchsichtige kreisrunde Raumschiff richtig erkennen konnte, so spürte er dennoch diese Erhabenheit des Augenblicks, diese Größe und Anmut, die er bis dahin noch nie zuvor empfunden hatte. Es war grandios, das erste Mal in seinem Leben fühlte er sich wie ein Wesen, das alles, aber auch wirklich alles schaffen konnte. Die gesamte Gegend in diesem Kreis war angefüllt von Hingabe und von endloser Güte. Was konnte das nur sein, das derart heftig von seiner Seele, ja, von seinem ganzen Wesen Besitz zu ergreifen vermochte? Der Augenblick verging und mit ihm auch der transparente Diskus. Er löste sich einfach in Luft auf und Burt sank sanft in die weichen plattgedrückten Kornhalme des Kreises herab. Nichts schien mehr violett oder roch nach Lavendel, vielmehr kehrte die Wirklichkeit zurück und Burt konnte sich wieder bewegen. Langsam erhob er sich und erinnerte sich: wo waren eigentlich seine Verfolger geblieben? Als er auf seine Armbanduhr schaute erschrak er fürchterlich. Denn seit seinem Eintreffen auf diesem Feld musste ein ganzer Tag vergangen sein. Jedenfalls zeigte die Datumsanzeige den nächsten Tag an, der eigentlich noch lange nicht sein konnte. Allerdings lag sein Fahrrad noch neben ihm und er schob es, als er das Feld verließ. Als er sich noch einmal umschaute, konnte er sie noch einmal bewundern, jene 20 sagenhaft großen Kreise, die gleichmäßig geformt und wie ein Zeichen aus einer anderen Welt in das Feld der menschlichen Erde eingelassen waren. Majestätisch lagen sie inmitten einer Welt, die für Menschen und auch für Burt so viele Wunder in sich barg, dass man sie gar nicht alle aufzählen konnte. Burt hatte Tränen in seinen Augen, denn in den vergangenen Stunden, die für ihn so ungeheuer schnell wie Minuten, beinahe wie Sekunden vergangen waren, hatte er etwas kennengelernt, das er noch nie in sich gefunden hatte. Es war eine Zusammengehörigkeit mit allem, was das Universum hervorgebracht hatte, was das Leben ausmachte und doch so einzigartig schien, wie nichts sonst. Selbstbewusst und zielsicher schwang er sich auf sein Fahrrad und fuhr in die Stadt, wo er zur Arbeit ins Büro wollte. Dort wunderte man sich über sein Erscheinen, denn es war etwas geschehen. Etwas, von dem selbst Burt nicht geglaubt hatte, dass so etwas je geschehen könnte. Dort, wo sein Lieblingsplatz war, wo er eben noch im Kornkreis gelegen hatte, hatte es einen Giftgasanschlag geben und viele Menschen waren ums Leben gekommen. Seit dem gestrigen Tag herrschte Ausnahmezustand und die Menschen wurden angehalten, nicht zur Arbeit oder aus dem

Haus zu gehen und daheim zu bleiben. Burts unerklärlich sorgloses Verhalten ließ seine Teamkollegen erstarren. Und als er schließlich gefragt wurde, warum er gekommen sei und wie es ihm ergangen war, als die Attentäter die Giftgasbombe zündeten, meinte er nur mit einem merkwürdigen Blick zu den schweigenden Feldern am Rande der Stadt: „Ich habe inmitten von zwanzig Kornkreisen gelegen, irgendwo zwischen Himmel und Erde!"

## INHALT

| | |
|---|---|
| 5 | Weihnachten an Ausfahrt 837 |
| 20 | Ein kleines Lied |
| 28 | Flaschenpost |
| 32 | Bubis Tipp |
| 37 | Steinschlag |
| 41 | Kollision |
| 51 | Comeback |
| 57 | Die Pendeluhr |
| 63 | Das Engelsbuch |
| 68 | Die Grenze |
| 77 | Motel |
| 86 | Sandoval |
| 92 | Suche |
| 98 | Ausgebremst |
| 102 | Nur ein bisschen Lachen |
| 110 | Die Brücke |
| 114 | Spekulatius |
| 121 | 20 Kornkreise |